CRONACHE SCABROSE

DI UNA VEDOVA

DEL PRIMO NOVECENTO

Nino Micalizio

1

Il carro funebre s'arrestò proprio davanti al grande portone in legno dell'antico palazzo nobiliare che, per quasi mezzo secolo, aveva ospitato lo studio del rispettabilissimo commendator Bacicia.

Attraverso quel porticato erano transitati, almeno una volta nel corso della loro vita, tutti gli abitanti di Rocca Capelvenere, quelli dei paesini limitrofi e perfino i cittadini, più o meno illustri, del capoluogo e dell'intera Sicilia orientale.

Non tirava un alito di vento quel pomeriggio di luglio del 1948 e dal selciato si levava una calura che quasi arrostiva il cuoio delle suole delle scarpe. Soltanto una sottile striscia d'ombra, fornita dalle umili case allineate lungo il corso, permetteva agli anziani, ma non solo ad essi, di procedere sul bordo della strada coi fazzoletti di lino bianco tra le mani per asciugarsi, ogni venti passi, il sudore della fronte.

Pareva quindi che vi fossero due processioni: una, composta esclusivamente dagli uomini, che procedeva al centro del corso perfettamente allineata dietro al feretro trasportato da due robusti cavalli bianchi bardati a lutto, e un'altra processione composta da vecchi, femmine, *carusi* e *picciriddi*, che camminava *latu latu*, sbuffando, ansimando e, a mente, forse pure maledicendo quella circostanza.

Janu e Cicciuzzu, i due chierichetti, avevano ricevuto dal *parrinu*[1] ordini ben precisi: il primo avrebbe dovuto reggere l'asta con lo stendardo del Comune, il secondo avrebbe portato il crocefisso d'argento che, normalmente, usciva dalla chiesa soltanto nel giorno della festa patronale.

«Guai a tutt'e due, e dico guai seri, se appoggiate le aste in terra per un solo istante; dovete tenerle sollevate così in alto che pure gli ultimi della fila devono rendersi conto dell'importanza di questo funerale» s'era raccomandato con sguardo severo 'u parrinu, promettendo come compenso per ciascuno dei due malcapitati quattro candele di cera, due saponi di potassa e due *buatte di strattu*[2].

Ma sia lo stendardo sia il crocefisso erano pesanti assai e i due carusi, *mischini*, che erano così *sdisiccati*[3] da potergli si contare le costole una per una, ad ogni fermata del corteo funebre si guardavano negli occhi e appoggiavano la base dell'asta in terra per riposarsi. Janu *taliava*[4] a Cic-

---

[1] Prete.
[2] Barattoli di concentrato di pomodoro
[3] Gracili.
[4] Guardava.

ciuzzu; Cicciuzzu *taliava* di sbieco in direzione del *parrinu*, e non appena questo accennava a voltarsi verso di loro per riprendere il cammino, le aste erano nuovamente ben sollevate e alla vista di tutti.

I due *picciriddi* erano quindi gli unici partecipanti al funerale ad essere felici di quelle prolungate fermate comandate dal *parrinu*; una davanti alla casa natia, un'altra davanti al circolo letterario, poi davanti alla camera del lavoro, al palazzo del comune, al monumento ai caduti.

Tutti gli altri invece maledicevano l'afa, tranne la nutrita schiera di uomini che seguiva, a cinque passi di distanza, la povera vedova, distante a sua volta cinque passi dal carro funebre.

In Sicilia, del resto, è sempre stato così: ogni *masculo* si reca al funerale non tanto per onorare il ricordo del defunto, quanto per la segreta speranza di poter consolare la vedova.

Loro, i *masculi*, non bestemmiavano né si lamentavano affatto, anzi benedicevano iddio per la grazia di cui aveva voluto beneficiarli.

La vedova, infatti, era una donna appena cinquantenne che in realtà di anni ne dimostrava assai di meno, per la beltà dei lineamenti, la femminilità innata, la sinuosità delle forme, l'eleganza nell'abbigliamento, la sensualità dei movimenti, e perciò era sempre stata l'oggetto del desiderio di tutti gli uomini di Rocca Capelvenere, o forse della Sicilia intera.

Quel pomeriggio, nel giorno dell'estremo saluto al defunto, il desiderio sessuale di cui da sempre si nutrivano gli abitanti maschi di quel piccolo borgo antico s'era moltiplicato a dismisura, tanto è vero che la postura apparentemente elegante del corteo posto appresso alla vedova non era affatto dovuta alla banale regola d'educazione di non infilarsi le mani in tasca, bensì alla necessità di celare, con quell'incrocio di mani all'altezza del pube, l'erezione più incontenibile e duratura dell'intera vita di ciascuno.

La bellissima vedova, infatti, per la triste circostanza s'era vestita di nero, indossando un abitino di seta dall'inconfondibile manifattura francese che la copriva fino a tre dita al di sotto delle ginocchia, evidenziando delle forme perfette, rese ancor più eccitanti dalla leggendaria voce di popolo che la voleva del tutto estranea all'utilizzo delle mutande, mai indossate in vita sua.

Il velo del cappellino nero a coprire parzialmente il volto, la borsetta sotto l'ascella, i tacchi alti alla Gilda, conferivano alla sua andatura lenta l'eleganza di una diva del cinema, doverosamente enfatizzata dai raggi del sole che, ormai prossimo al declinar oltre l'orizzonte, s'insinuavano al di sotto del carro da morto e la baciavano in pieno, provocando un fantastico gioco di trasparenze che attraversavano in controluce la leggerissima seta, tanto che alcuni degli uomini del corteo dietro di lei, quelli più vicini, ebbero perfino la fortuna d'intravvedere, tra un passo e l'altro, qualche ciuffetto scomposto della sua rinomatissima peluria vaginale.

Janu e Cicciuzzu scorsero finalmente i due cipressi secolari che davano l'accesso al camposanto e, come colpiti da un improvviso e ritrovato vigore, presero a sghignazzare, a farsi le smorfie e addirittura a lanciarsi qualche *sgraccata*[5], sapendo di essere coperti alla visuale del *parrinu* dai due cavalli bianchi coi pennacchi neri.

I *picciriddi* se ne fottevano, infatti, sia del morto sia delle raccomandazioni delle rispettive madri che, confidando nella benevolenza di Don Vicenzu, avevano stoicamente seguito la salma con l'unico intento di ricevere la roba pattuita.

In fondo il dopoguerra era forse più triste della guerra stessa.

Le case erano diroccate come se i bombardamenti fossero cessati appena il giorno prima, gli armenti figliavano con difficoltà, i campi producevano col contagocce e, inevitabilmente, la fame era *chiù niura da' menzannotti*.

Ciononostante, i due chierichetti se ne fottevano pure della fame e in quel momento non attendevano altro che liberarsi dal fardello delle aste di legno per impugnarne altre dal più gradevole sollazzo giacché, com'era d'uso a quel tempo anche tra i picciriddi di dieci anni, una bella *minata*[6] sotto alla *macchia di carrubba* era il minimo, ma dovero-

---

[5] Sputo.
[6] Atto della masturbazione.

so, tributo in onore delle splendide gambe della vedova, la cui vista, unita a quella delle *minne*, enormi e appuntite come due *muluni* gialli, aveva scatenato gli ormoni di quei due *malacarni* sin dalla celebrazione della messa all'interno della chiesa, costringendoli poi a percorrere tutta la strada con la *minchia tisa* sotto alla tunica.

Due robuste funi calarono la bara nella fossa, destinando alla polvere le spoglie del morto, e un pugno di terra dopo l'altro completarono il seppellimento della bara e della memoria degli indicibili segreti vissuti tra le mura di Rocca Capelvenere negli anni a cavallo tra la prima e la seconda guerra mondiale.

2

Le mamme dei due chierichetti Janu e Cicciuzzu si fecero
trovare davanti alla porta della canonica per riscuotere il
compenso pattuito per il servigio prestato dai rispettivi fi-
gli.

Quelli sbucarono da dietro l'angolo sospinti dai calci in
culo del *parrinu* che, esausto per l'estenuante processione
e nervoso come un turco in astinenza da fumo, non trovò
sfogo migliore dell'addebitargli responsabilità e colpe del
tutto pretestuose, finalizzate esclusivamente alla licenzio-
sità di poterli percuotere, liberandosi così da stanchezza e
frustrazione, com'è tipico di chi, essendo stato incaricato
di un compito importante, scarica tutte le mancanze sul
munzeddu chiù basciu[7].

«Che *cumminaru*, Don Vicenzu, che *cumminaru*?» chiese-
ro quasi all'unisono le due mamme.

«Troppo lentamente camminarono. E pensare che mi ero
raccomandato di tenere il passo svelto; quattro ore filate
mi fecero camminare» rispose il *parrinu* infilando la chia-

---

[7] Mucchio più basso.

ve nella toppa prima di concludere perentoriamente: «ora tutta la roba che avevo promesso se la possono scordare questi due *gianfannenti*[8]!».

Gli occhi delle madri si spalancarono a dismisura per la delusione. Janu *scippò un mustacchiuni*[9] che le gengive gli sanguinarono e se lo ricordò per tutta la vita, mentre Cicciuzzu si beccò un *pizzuluni*[10] così violento che il livido gli rimase tatuato sul braccio per tre mesi interi.

Poi le madri presero a supplicare Don Vicenzu, implorando il perdono per quei due sventurati figlioli, senza tuttavia riuscire a muovere a compassione il curato.

«Dissi di no e sarà no. Non se la meritano la roba questi due mascalzoni!» sentenziò *'u parrinu*.

Le due madri, che di quella roba avevano bisogno alla stessa stregua dell'aria che respiravano, si guardarono negli occhi e, con un cenno d'intesa s'avvicinarono minacciosamente alla porta e iniziarono una veemente sequela di domande e velate minacce, urlate a squarciagola ora dall'una ora dall'altra.

«Ah, *vossìa* non ci dà la roba perché i *carusi* sbagliarono il passo e la cadenza? E si lamenta per giunta che il funerale durò quattro ore? Ma se fu proprio *vossìa* che organizzò una parata *ca pareva c'hava murutu u papa*!» esclamò la prima.

---

[8] Scansafatiche.
[9] Ceffone sulle labbra.
[10] Pizzicotto.

«Giusto *cummare*. E *commu* mai avevate così a cuore questo funerale?» incalzò la seconda.

«Giusto *cummaredda*. E *commu* mai la signora veniva a confessarsi un giorno sì e un giorno no?» chiese una.

«Ben detto *cummare*. E *commu* mai vi recavate così frequentemente in casa del commendatore durante la sua assenza?» replicò l'altra.

«Ben detto *cummaredda*. E *commu* mai corre voce che abbiate ricevuto in eredità due dei tanti giardini d'aranci del Commendatore?» insistette una.

«Giusto *cummare*. *Commu* mai? *Commu* mai?» gridò l'altra.

Incalzato da una così furente invettiva il *parrinu* stralunò; si portò l'indice in verticale davanti alle labbra e, dopo aver gettato un'occhiata a destra e a sinistra, nervosamente sussurrò: «Zitte disgraziate! Che sono *sti vuci* di lupanari... zitte. Basta!».

«Basta un corno. Vogliamo la roba!».

«Ve la do la roba, ve la do, ma tornate domani perché adesso sono stanco morto. E non permettetevi mai più di fare simili allusioni; sono un uomo di chiesa io e, in quanto tale, vi accomodo soltanto perché ho pietà di voi e degli stenti che siete costrette a patire, siamo intesi?».

Quella promessa non placò l'ira delle donne che, tuttavia, stizzite ma soddisfatte, girarono in tondo e ripresero la via di casa trascinandosi appresso i *picciriddi* che, sebbene piccoli d'età, possedevano la *spirtizza* di chi è cresciuto per strada e, pertanto, avevano compreso al volo il bersaglio a cui miravano le parole delle rispettive madri che, appena dietro l'angolo, si separarono per incamminarsi silenziosamente in direzioni diverse, lasciando ai due *picciriddi* appena il tempo di lanciarsi un'occhiata di compassionevole solidarietà per le botte appena buscate.

La madre di Cicciuzzu, innervosita dalle circostanze, com'era solita fare, se lo trascinò appresso tirandolo per un orecchio, il destro, che ormai si era deformato oltremisura determinando un padiglione a sventola visibilmente enorme rispetto al sinistro che era rimasto delle normali dimensioni previste dall'età e dalle proporzioni somatiche di quel *carusu*.

Oltre all'orecchio destro, ciò che non era normale nelle dimensioni di Cicciuzzu era la *minchia*, che sin da quando era venuto al mondo, e per di più senza che nessuno gliel'avesse mai tirata come avveniva per l'orecchio, era apparsa esageratamente sproporzionata, così come sproporzionato era anche l'uso che incominciò a farne quando scoprì il piacere sessuale della masturbazione, alla quale si dedicava con esagerata frequenza a qualsiasi ora del giorno e della notte.

Proprio a causa di quel vezzo segreto e bizzarro, il povero Cicciuzzu quel giorno le buscò di santa ragione non appena la madre si accorse dell'ampio alone di sperma che aveva macchiato l'interno della tunica da chierichetto.

«Bestia. Animale. Pure in chiesa? Figlio del demonio sei!» sbraitò la madre strofinando energicamente la tunica sullo *stricatoio* della *pila*.

«Non fu in chiesa,» − protestò *u picciriddu*, «fu *sutt'a macchia di carrubba*!».

Mentiva spudoratamente però; la *minata* sotto al carrubo era stata la seconda di quella sfiancante giornata, ma la prima, quella che aveva determinato l'insozzamento della tunica, era avvenuta veramente in chiesa durante l'omelia mentre Cicciuzzu si trovava alla destra di Padre Vicenzu e aveva proprio davanti agli occhi la vedova del commendatore che, seduta sulla panca della prima fila, per il gran caldo aveva divaricato leggermente le gambe e, nel tentativo di provocare rinfresco alla sudorazione, di tanto in tanto abbassava il braccio e dirigeva il getto d'aria del suo ventaglio là dove il sole non batteva quasi mai. Manco a dirlo, la visione di quel poco di peluria che il *carusu* riusciva a intravvedere nel bel mezzo delle cosce della signora, in un'irresistibile alternanza in chiaroscuro di pelle bianca e seta nera, gli aveva provocato un incontenibile bisogno di lussuria e una libidine senza precedenti. Così, mentre si trovava con le braccia penzoloni e le mani giunte a dita intrecciate, con la mano sinistra agguantò l'ampio bordo della manica destra della tunica stringendone un lembo con il pugno, poi ritrasse lentamente il braccio destro fino a sfilarlo dalla manica da sotto l'ascella e infine, in assoluta libertà e invisibile agli occhi di tutti i fedeli

15

presenti alla messa, i quali lo vedevano dirimpetto a loro come se avesse le mani giunte in segno di preghiera, si dedicò a quel celere saliscendi di carne su carne con gli occhi stralunati e fissi sulle forme di quella donna da sogno.

«Bestia e animale lo stesso sei,» urlò la madre dispiegando al sole la tunica appena lavata, «quando torna tuo padre ti mette a verso lui».

Ma, in realtà, il padre di quel *picciriddu* a casa non ci tornò mai, nonostante la quasi eterna speranza covata in seno alla consorte. Dato per disperso durante la guerra, entrò infatti a far parte dell'ampia schiera di nomi sconosciuti, impressi in un unico epiteto, sui monumenti dedicati al milite ignoto.

La sera fu preceduta dal frenetico incedere di centinaia di rondini che tappezzarono d'inarrestabili chiazze volanti un cielo rossastro come non mai, quasi fosse rimasto vittima di quell'improvvisa e indesiderata nudità che suscita vergona.

Poi, finalmente, sulle vie anguste dello sperduto borgo di Rocca Capelvenere venne giù la notte, accompagnata dall'inseparabile mantello scuro del silenzio.

3

Il mattino seguente, appena dopo il sorgere del sole, le madri di Janu e Cicciuzzu si presentarono puntuali in canonica per riscuotere la roba spettante, e Don Vicenzu, che oltre ad aver smaltito il nervosismo del giorno precedente aveva tutto l'interesse di mettere a tacere le illazioni formulate dalle due donne la sera prima, le liquidò elargendo ben più del dovuto. Oltre a candele di cera, saponi di potassa e *buatte di strattu*, donò infatti a ciascuna anche un sacchetto di grano, una *pittinissa*[11] dai denti stretti e una tavoletta di cioccolata.

La causa del nervosismo che aveva attanagliato il *parrinu* era strettamente legata al trambusto che aveva messo a soqquadro il paesello subito dopo la morte del commendatore, allorquando il Maggiore della stazione dei carabinieri del capoluogo, stranamente scomodatosi in prima persona, aveva sfidato la *fara*[12] estiva e aveva raggiunto Rocca Capelvenere a bordo di una camionetta in compagnia del

---

[11] Particolare pettine utile a rimuovere i pidocchi.
[12] Calura estrema.

medico legale e del brigadiere furiere per effettuare i primi rilievi e i primi interrogatori sommari.

Tra i numerosi paesani invitati a fornire qualche risposta c'era stato, per l'appunto, anche Don Vicenzu che, transitando casualmente per il corso nel giorno dell'incidente, era stato il primo a trovarsi a tu per tu con il cadavere e a dare l'allarme.

Adesso però *'u parrinu* pensava e ripensava alle dichiarazioni rese al Maggiore e ne pesava ciascuna parola sul bilancino di precisione del dubbio, della perplessità, del timore, cercando in cuor suo qualunque scappatoia possibile alle incalzanti e ulteriori domande che, inevitabilmente, gli sarebbero state rivolte dagli inquirenti nei giorni a venire.

Cosa diamine avesse da temere quell'uomo di chiesa poteva saperlo soltanto lui; l'unica cosa certa, fino a quel momento, era la morte, apparentemente accidentale, di un personaggio illustre.

Il mezzodì era ancora lontano, ma lo sciroccato preludio di una giornata che si preannunciava torrida aveva già lanciato tutti i suoi inconfondibili segnali: l'aria immobile, il braciere del maniscalco necessariamente spento, le imposte delle finestre quasi tutte oscurate, i cani di *mannera*[13] alla ricerca dell'ombra piuttosto che del cibo.

---

[13] Mandria.

18

Il Maggiore Marruggiu, carabiniere da oltre quarant'anni, aveva capito al primo colpo d'occhio che precipitare accidentalmente da quella finestra del secondo piano era un evento incidentale alquanto improbabile, considerate sia la consistente altezza del parapetto sia la bassa statura del morto che, secondo i referti del medico legale, misurava 161 centimetri per un peso di 101 chilogrammi. Impossibile quindi una caduta susseguente a un malore, quanto, semmai, causata da un energico spintone da tergo.

Durante la notte, pertanto, aveva immaginato due soli scenari possibili, legati a qualche ipotetico movente da approfondire in seguito, suicidio oppure omicidio, perché l'ipotesi dell'incidente, nella mente dell'espertissimo Maggiore, non era da prendere minimamente in considerazione.

Sulla base di queste congetture, ipotizzò un unico movente legato a motivi passionali; o il suicidio dopo la scoperta di un tradimento coniugale, oppure l'omicidio per mano di un rivale amante della consorte. Del resto, il Maggiore, durante la sua carriera ne aveva visti una miriade di casi analoghi e, nella fattispecie, era difficile spiegarsi quali doti nascoste, soldi a parte, avessero potuto attrarre la moglie del commendatore senza che questa, consapevole del proprio fascino, non si fosse concessa la libertà di farsi un amante.

Il commendator Bacicia, infatti, non era certamente definibile come un bell'uomo. Basso, grasso, pelato e con un lungo riporto impomatato più dal sebo che dalla brillantina, un paio di baffetti apparentemente nauseabondi per il contatto con i cibi che ingurgitava in continuazione, i denti tutti storti, i piedi alle dieci e dieci.

Pur tuttavia qualche qualità intellettuale doveva pur possederla, visto che, come si diceva in giro, manipolava e gestiva gli affari burocratici, politici, amministrativi e legali, sia leciti che illeciti, di mezza Sicilia.

Al Maggiore Marruggiu, quindi, tre cose rimanevano da fare per condurre le indagini verso una rapida soluzione del caso: simulare la volontà degli inquirenti di voler chiudere la faccenda suffragando l'ipotesi dell'incidente domestico, lasciar credere alla vedova del commendatore di essere ritenuta totalmente estranea ai fatti, mettersi alla ricerca del presunto amante di lei grazie agli interrogatori dei paesani più loquaci.

Marruggiu era di origini sarde, ma nell'ultimo decennio aveva lavorato in Sicilia per espressa richiesta dei suoi superiori gerarchici che ne avevano quasi preteso la disponibilità al trasferimento per mettere al servizio dell'Arma le sue eccelse competenze professionali.

Quella mattina, da acuto osservatore qual era, il Maggiore aveva già riconosciuto i segnali di preavviso meteorologico e aveva pertanto intuito che le condizioni climatiche sarebbero state micidiali.

Non solo il caldo però lo preoccupava, ma anche e soprattutto la reticenza della popolazione di quei luoghi che, chissà per quale atavico timore, nella migliore delle ipotesi piuttosto che dire la verità preferiva perdersi in vaneggiamenti o incomprensibili metafore o inutili giri di parole e, nella peggiore delle ipotesi possibili, si rinchiudeva ermeticamente dietro il classico e oramai proverbiale "*Nenti sacciu e nenti vogghiu sapiri, nenti visti, iu nun c'era e se c'era durmeva*".

Tuttavia, il Maggiore, con gli abitanti di sicula discendenza ci sapeva fare, potendo contare non tanto sul fascino della divisa, che da quelle parti affascinava soltanto le *fimmine* in età da marito, quanto su un aspetto fisico massiccio, il portamento malandrino degli eroi dei film western, una personalità autorevole e, soprattutto, innate doti di analisi introspettiva nei riguardi dei suoi interlocutori, sui quali puntava due occhi verdi e penetranti che avrebbero messo in soggezione perfino Sigmund Freud in persona.

Nelle ore precedenti aveva già sondato il terreno chiedendo notizie e impressioni ai passanti o agli avventori del bar, ma mentre davanti allo specchio si allacciava l'inseparabile cravatta d'ordinanza, quella mattina il Maggiore aveva lo sguardo serio e inflessibile di chi sta per intraprendere un'impresa quanto mai ostica.

«Il difficile viene adesso» disse rivolgendosi al brigadiere che lo accompagnava lungo il corso principale del paesino, «diamo il via agli interrogatori veri e propri».

Rocca Capelvenere non aveva una caserma, cosicché l'unico posto in cui poter approntare un ufficio degno di tale nome era sembrato lo stanzone al piano terra del vecchio edificio che aveva ospitato il tubercolosario durante gli anni di guerra.

Lì il brigadiere aveva sistemato due tavoli, le sedie, la macchina da scrivere e le carte per redigere i verbali degli interrogatori.

Il brigadiere, siculo di nascita, pur essendo di stanza alla caserma del capoluogo, conosceva quel piccolo borgo abbastanza bene essendosi fidanzato, un paio d'anni prima, con la figlia del panettiere, conosciuta casualmente mentre era stato comandato a presidio dell'ordine pubblico durante i festeggiamenti per il santo patrono.

Si avviò quindi con passo sicuro attraverso le viuzze del borgo per consegnare agli interessati l'invito a presentarsi, ciascuno ad un orario diverso, al cospetto dei carabinieri nelle stanze del tubercolosario, "per puro e semplice colloquio informativo" come recitava la comunicazione trascritta a macchina e bollata col timbro dell'Arma.

«Tempo perso, lo so, battere a macchina questi mandati di comparizione, ma lei scriva lo stesso, brigadiere, senza preoccuparsi di sbagliare qualche tasto perché qua, a parte il *parrinu*, non sa leggere nessuno» aveva esclamato Marruggiu poco prima.

La lista, per quella giornata, comprendeva nell'ordine: il parroco Don Vincenzo, il barbiere detto Sapunata, il fabbro detto Filuferru, il barista detto Zibbibbu e per ultima la signora Melina, domestica di casa Bacicia.

Dagli interrogatori di questi soggetti, il Maggiore sperava di ottenere risultati favorevoli alla sua strategia investigativa.

Il *parrinu*, infatti, sapeva i fatti di tutti e probabilmente, non appena messo sotto pressione, si sarebbe lasciato sfuggire qualche segreto del confessionale; il vecchio barbiere conosceva da una vita ciascun abitante maschio sin da quando, a undici anni, era stato mandato a bottega per imparare l'arte dal suo predecessore; il fabbro ferrava le bestie e, sicuramente, dai residui di sterpaglie sulle zampe, dalla qualità della terra imprigionata tra la chiodatura degli zoccoli, dall'usura stessa dei ferri, sarebbe stato in grado di intuire al primo colpo d'occhio le zone di transito abitudinarie, gli spostamenti occasionali e perfino la frequenza giornaliera con cui ogni quadrupede del borgo si muoveva; il barista assisteva molto spesso, suo malgrado, alle confidenze del proverbiale "in vino veritas"; la domestica, bazzicando sempre all'interno delle camere, dopo tanti anni di onorato servizio era in grado di distinguere a due metri di distanza un capello estraneo sul cuscino del padrone di casa o un diverso odore maschile sull'asciugamani posto accanto al catino.

Marruggiu era fermamente convinto che *parrinu*, barbiere, fabbro, barista e domestica gli avrebbero consentito di chiudere il caso in quattro e quattr'otto.

Alle dieci e mezza, mentre il caldo, a momenti, faceva cascare pure i passeri dai nidi, il brigadiere spalancò l'uscio del tubercolosario e, bestemmiando, raggiunse la sua scrivania dove lasciò cadere, sonoramente, il berretto e la chiave della camionetta.

«Impossibile, signor Maggiore, impossibile! Il caldo... e la gente poi... al mio passaggio si ritraeva come davanti a un appestato».

«Lei è ancora troppo giovane, brigadiere, ed essersi trasferito presto in Liguria per effettuare gli studi di ragioneria non le giova affatto, ma ne avrà di tempo per riabituarsi sia al caldo sia alla gente. Vada a rinfrescarsi e dopo armi la macchina da scrivere che tra non molto si comincia».

Detto ciò il Maggiore prese a passeggiare avanti e indietro per la stanza, a capo chino e con le mani dietro alla schiena, avvolto nei suoi pensieri, ma con una serenità d'animo che avrebbe indotto chiunque a pensare che quel sagace carabiniere fosse già al corrente dell'epilogo della storia.

Lui era nato in Sardegna, ma ormai si sentiva siciliano fin dentro al midollo. Su quell'isola aveva imparato a viverci e, soprattutto, aveva imparato a convivere con le contraddizioni tipiche di quella terra, con i disordini culturali frutto della fusione di mille razze, con la mentalità prigioniera dei preconcetti, con la superficialità che governa la ragione, con l'ignoranza che sovrasta l'istruzione. Ma l'amava quell'isola che, sin dal giorno stesso del suo arrivo, le era sembrata la terra più bella al mondo. Lì si era innamorato e aveva sposato l'unica donna che avesse mai veramente amato.

Lì adesso, consapevole del prezioso contributo sociale che il suo lavoro aveva portato verso il miglioramento delle condizioni di vita, desiderava godersi la vecchiaia fino a concludere serenamente la propria vita.

Tra pochi giorni sarebbe andato in pensione, ma non contava affatto le ore perché, se gli fosse stato consentito, se gli fosse stato richiesto soltanto mezza volta dai suoi superiori, avrebbe certamente continuato a svolgere il proprio lavoro molto volentieri e per molto tempo ancora.

4

Alle undici in punto l'uscio si spalancò riempiendo di luce lo stanzone che, fino a quel momento, era stato volutamente mantenuto al buio per impedirne l'irraggiamento solare.

«Il Signore sia con voi!» esclamò Don Vicenzu camminando coi piedi indentro e l'andatura a culo stretto fino alla sedia impagliata posta dirimpetto a quella di Marruggiu che, a dispetto dell'abito dell'interlocutore e della benedizione appena ricevuta, di spalle si trovava e di spalle rimase, fermo e impassibile.

Non si mosse di un millimetro, come se non fosse entrato nessuno, dando inizio a quella strategia psicologica in cui era indiscusso maestro.

Lasciò che *'u parrinu* cuocesse per qualche istante nel proprio brodo e poi, senza punto voltarsi, con tono severo incominciò: «Mi dica, Brigadiere, anche se non è una sede ufficiale, siamo pur sempre in una caserma? Lasciamo gironzolare le persone all'interno dei nostri uffici come se nulla fosse? Non dovrebbe fare da piantone dinnanzi all'uscio? E dove siamo, al Colosseo?».

Il brigadiere, che in effetti si era lasciato distrarre da alcuni rumori che gli riecheggiavano nelle orecchie, a quel rimprovero si mortificò un pochino, ma non si permise di manifestare il minimo cenno di disappunto.

Dopo qualche istante di silenzio, Marruggiu finalmente si voltò e, sorridendo fraternamente, s'avvicinò al *parrinu* sussurrando per non farsi sentire: «Benvenuto padre. Purtroppo mi affiancano questi pivelli che hanno ancora la bocca che puzza di latte e si credono invece d'essere Sherlock Holmes in persona, per la verbalizzazione di un caso di incidente che, personalmente, mi annoia da morire. È d'accordo con me che il commendatore sia morto per un incidente, reverendo?».

Quello tirò un sospiro di sollievo lungo un secolo e, dopo essersi asciugato il sudore dalla fronte, sussurrò a sua volta: «Certamente signor maresciallo, senza dubbio alcuno».

«Non sono un maresciallo, sono un Maggiore,» continuò a bisbigliare Marruggiu senza perdere il sorriso, poi alzando repentinamente il tono della voce comandò: «Da adesso in poi, brigadiere, trascriva ogni cosa. Dunque, il giorno eccetera eccetera, alle ore eccetera, si presenta su nostra convocazione il parroco del paese eccetera per riferire in merito al casuale rinvenimento del cadavere di un certo commendator eccetera...».

Il ticchettio della macchina da scrivere martellava il cervello del *parrinu* come quella miriade d'ingranaggi meccanici all'interno dell'orologio del campanile, ma a differenza di ciò che temeva, non si sentì rivolgere alcuna domanda aggiuntiva a quelle a cui aveva già dato risposta durante il breve incontro informale precedente e, con sua somma gioia, si limitò ad ascoltare la dettatura del Maggiore che si concluse pochi minuti dopo con un rasserenante: «...e alle ore eccetera eccetera, considerata la plausibile circostanza di incidente domestico, il testimone viene ringraziato per la collaborazione e viene congedato con le nostre scuse per essere stato invitato a comparire presso i nostri uffici in questa giornata così afosa. Data, timbro, eccetera».

'U parrinu s'alzò in piedi mostrando tutta la dentatura del suo sorriso e allungò una mano per ricevere il tanto desiderato saluto di commiato da parte del carabiniere che gliela strinse riprendendo per un attimo la discussione sottovoce interrotta pochi istanti prima: «Soltanto una curiosità, reverendo: come fa una donna così bella a rimanere sposata per trent'anni con un uomo così brutto?».

«Brutto e schifoso!» esclamò sottovoce Don Vicenzu che non vedeva l'ora di riguadagnare l'aria aperta, e felice per l'occasione di poter indirizzare la discussione verso chi non poteva più difendersi né controbattere, continuò: «*Bedda matri* quant'era schifoso; la signora veniva spesso a confessarsi e me ne raccontava di cotte e di crude. Un essere immondo, mi creda».

«Addirittura! Ma perché, che faceva? La malmenava? Brigadiere, pausa; vada a fumare una sigaretta!».

Quello non aveva mai fumato in vita sua; tuttavia s'alzò e
uscì fuori obbedendo all'ordine appena ricevuto.

«Un pervertito, mi creda, un sadico, un diavolo,» continuò
il *parrinu*, «con dei vizi e dei capricci sessuali da fare im-
pallidire l'intero girone infernale dei lussuriosi, ma non mi
faccia dire altro, la prego, ciò che so è sotto il vincolo della confessione».

«Perbacco; povera donna. Avrà certamente sentito il bisogno di sentirsi confortata da qualcuno, un amante per
esempio» ammiccò capziosamente il Maggiore.

«Le donne si nutrono di amori fedifraghi, sia reali che
immaginari, anche quando il marito è un sant'uomo, figu-
rarsi quando è un mostro» sentenziò *'u parrinu*.

«Ha ragione, reverendo. Mi dispiace che la signora abbia
dovuto vivere in siffatte condizioni di sofferenza. Non le
chiederò altro se non una piccola confidenza personale, da
uomo a uomo».

«Dica pure».

«Chi è il fortunatissimo... chiedo troppo?».

«E proprio a me viene a chiederlo? A me che sono costretto a gestire il segreto della confessione? Questo è un paese
piccolo, dove tutti sanno e anche i muri hanno orecchie.
Abbia pazienza!».

«Avete ragione, mi sono lasciato sopraffare dall'invidia...
tutta colpa del fascino di quella donna. Mi perdoni reverendo, non le chiederò altro, può andare».

In men che non si dica Don *Vicenzu* inforcò la bicicletta e scappò via con vigorose pedalate, lasciando i due carabinieri nella penombra, uno spaparanzato sulla sedia ad asciugarsi il sudore dirimpetto alla sua macchina da scrivere, l'altro a passeggiare a capo chino con le braccia dietro alla schiena.

Una mezz'oretta più tardi, le colombe, che avevano libero accesso allo stanzone attraverso un vetro rotto della finestrella della soffitta, presero a picchiettare sulle travi del sottotetto frastornando il povero brigadiere che, tenendo gli occhi fissi sulla tastiera della macchina da scrivere, si convinse di essere rimasto afflitto da chissà quale patologia inerente all'apparato otorinolaringoiatrico e incominciò a fare strani esperimenti tappandosi e stappandosi le orecchie con gli indici delle mani, deglutendo sorsi di saliva, tappandosi il naso stringendo le narici tra due dita, sotto gli occhi esterrefatti di Marruggiu che, non sapendo come meglio distogliere quel ragazzo da quella fissazione, esclamò: «Queste dannate colombe, brigadiere, che gran rottura di scatole, vero? Provocano un frastuono fastidiosissimo... queste colombe!».

Il brigadiere allora sollevò il capo e, con immensa gioia, si rese immediatamente conto di non essere stato affatto vittima delle allucinazioni; tuttavia si mortificò per essere stato colto in fallo durante i suoi improbabili esperimenti paramedici, vergognandosene moltissimo. Fino a quel momento mai nessuno aveva notato i disturbi psicosomatici di cui aveva iniziato a soffrire già durante il corso per dattilografo-stenografo quando, per superare l'esame, si era applicato così tanto alla macchina da scrivere che, adesso, non riusciva più a liberarsi dal dannatissimo ticchettio dei tasti che gli rimbombava spesso nelle orecchie come un'eco d'infima e persecutoria perfidia. Ne era assillato in diversi momenti della giornata e, talvolta, anche la notte dopo essersi messo a letto.

Lui, poverino, era consapevole di quel disturbo mentale, ma faceva di tutto per sconfiggerlo tentando in ogni maniera di non farsi notare da nessuno durante le sue crisi personali confidando che, col tempo, quella specie di persecutoria condanna l'avrebbe abbandonato per sempre. Con tale obiettivo aveva iniziato a imparare a memoria, con grande dedizione e zelo, i due manuali per il superamento del primo livello nel concorso interno per il grado di maresciallo.

A quel punto, provò profonda ammirazione nei confronti del Maggiore che, tanto delicatamente ed educatamente, l'aveva distolto dalla sua fissazione senza giudicarlo o prenderlo in giro.

«Posso chiederle una cortesia, signor Maggiore?» chiese il ragazzo con un sorrisetto garbato.

«Dica pure, brigadiere».

«Durante i tempi morti di questa trasferta, le andrebbe di darmi un aiutino per lo studio delle mie materie d'esame? Mi sto preparando per il concorso interno».

«Molto volentieri, giovanotto, non esiti a domandarmi tutto ciò che desidera» replicò Marruggiu.

5

Sapunata, il barbiere, spalancò rumorosamente la porta nel bel mezzo di quell'amichevole chiacchierata tra i due esponenti dell'Arma e, a differenza del *parrinu*, non entrò affatto in punta di piedi, anzi, senza nemmeno salutare s'andò a sedere di gran carriera sulla prima sedia che gli capitò a tiro.

«Ma buongiorno!» lo accolse Marruggiu ancora stralunato per l'ingresso travolgente di quell'uomo, accennando perfino un provocatorio e beffardo inchino.

«Buongiorno *sta minchia*!» fece eco *Sapunata*.

«Come si permette? Brigadiere, porti qui le manette» tuonò il Maggiore.

In un attimo *Sapunata* perdette il pelo del lupo e tornò a indossare la lana della pecora, iniziando a balbettare per la paura: «Ma, ma… generale, *u saluni chinu di clienti aveva*…».

«Non sono un generale, sono un Maggiore» sbraitò Marruggiu mettendosi a sedere dopo aver sbattuto violentemente le manette sulla scrivania.

Quelle urla intimidirono perfino le colombe che, immediatamente, smisero di beccheggiare le travi lasciando che il silenzio più assoluto s'impadronisse dello stanzone.

«Scriva, brigadiere: alle ore eccetera, del giorno eccetera, si presenta a testimoniare l'amante segreto della signora eccetera...».

«Io? Ma *quannu* mai? Quale amante segreto?» replicò immediatamente *Sapunata* balzando in piedi.

Marruggiu prese tra le mani un foglio di carta e finse di leggere qualcosa, poi interrogò il suo assistente: «Abbiamo forse sbagliato? Brigadiere, rilegga a voce alta la lista dei nomi invitati a comparire questa mattina».

Quello rilesse lentamente tutti i nomi e *Sapunata*, che non vedeva l'ora di ritornare al salone per non perdere l'introito della giornata, agitando rapidamente pollice e indice a pistola per sottolineare che quel nome non fosse presente in quella lista, balbettò: «È *inutili ca circati*; Alfio *u giardineri murìu sei misi fa*. E poi, se mi permette, quale amante segreto, che lo sapeva mezza Sicilia».

«Perbacco; e com'è morto questo giardiniere?».

«Di tubercolosi, dicono».

Marruggiu considerò fallita, per un attimo, la sua supposizione del movente passionale; se l'amante segreto non c'era più, la morte del commendatore assumeva contorni del tutto diversi da quelli da lui immaginati.

«Mi ni pozzu ire?» riprese *Sapunata*.

«Certamente, torni pure al suo lavoro. Mi dica soltanto un'ultima cosa: se di quell'amante ne era al corrente mezza Sicilia, ovviamente il commendatore faceva parte dell'altra mezza, o no?».

«Ma quale; il commendatore era il primo che lo sapeva, o almeno così dice la gente. Era un bravo cristiano il commendatore, una persona dal cuore d'oro e dalla generosità fuori dal comune».

Marruggiu si grattò la testa e ripensò agli epiteti usati dal *parrinu* nei confronti di quell'uomo, poi, frastornato da quelle impreviste rivelazioni fuori programma, licenziò il barbiere alleggerendo la tensione: «La morte del commendatore è certamente un incidente, perdoni il disturbo, ma cosa vuole, a noi ci chiedono di stilare verbali. Vada pure».

Il Maggiore riprese il solito passeggio silenzioso, con le mani dietro alla schiena e il capo chino, meditando su quale cambio di strategia andasse attuato per condurre a compimento le indagini.

Nella sua testa tutto sembrava complicarsi improvvisamente.

Cinque minuti più tardi bussò alla porta Filuferru, il fabbro.

«Avanti; s'accomodi pure!» esclamò Marruggiu lanciando una rapida occhiata alle mani di quello, che erano talmente grosse, forti e callose da farle assomigliare a due tenaglie.

Ne ebbe conferma, infatti, quando, nell'atto di presentarsi, Filuferru gliene strinse amichevolmente una facendogli scricchiolare tutte le ossa delle dita.

Dopo essersi massaggiato la mano per qualche istante, il Maggiore incominciò la dettatura del verbale: «Alle ore eccetera, del giorno eccetera, si presenta il fabbro del paese per riferire in merito alla morte del Commendator Bacicia...».

«In realtà, signor sergente, il cognome originario del commendatore era un altro» lo interruppe timidamente Filuferru.

«Innanzitutto non sono un sergente, sono un Maggiore!» esclamò Marruggiu, «Ma vada pure avanti, la prego».

«Sì. Come stavo per dirle, Bacicia non era il cognome reale, bensì era *l'angiùria*, che poi fu tramutata all'anagrafe in cognome ufficiale sostituendo quello vero».

Marruggiu aggrottò le sopracciglia, si strinse il labbro inferiore a cucchiaino tra indice e pollice e, rivolgendosi al fabbro con la consolidata scaltrezza di chi sa quanto valga, in certi momenti, scendere allo stesso livello delle persone di ceto inferiore se non addirittura a un gradino ancor più basso, disse: «Lei non sa quale tremenda figuraccia avrei fatto nei confronti dei miei superiori; devo ringraziarla infinitamente per questa importantissima notizia. Mentre il brigadiere lavora, mi permetta di sdebitarmi offrendole un caffè al bar».

Quindi s'alzò in piedi e, preso confidenzialmente il fabbro sottobraccio, lasciò insieme a lui lo stanzone tuffandosi nell'afa del mezzogiorno in direzione del bar della piazza.

Marruggiu sapeva bene che in Sicilia il soprannome, o per meglio dire l'*angiuria*, costituiva un viatico investigativo non indifferente per iniziare a setacciare il letto del turbolento fiume delle soluzioni alla ricerca di qualche pepita d'oro che permettesse di far brillare una qualunque intuizione altrimenti impossibile da portare alla luce.

L'*angiuria*, chissà come, si appiccicava addosso alle persone come una sanguisuga, come un'indelebile marchiatura a fuoco, secondo le note caratteriali, oppure i tratti somatici, i difetti fisici, le peculiarità familiari oppure un semplice episodio, un avvenimento o una miriade di altre sconosciute e, a volte, del tutto incomprensibili ragioni, ma portava sempre con sé qualche risvolto interessante che, più di una volta, gli era stato d'aiuto nel corso delle sue precedenti e innumerevoli indagini.

Era certo che anche a lui ne fosse stata appioppata una e, talvolta, aveva anche cercato di scoprirla, ma invano, perché da quelle parti era caso più unico che raro che l'interessato fosse mai riuscito a venirne al corrente.

Adesso Marruggiu meditava che Sapunata, Filuferru e Zibbibbu fossero soprannomi di facile collocazione storica perché strettamente legati ai mestieri praticati dai soggetti e, per di più, del tutto innocui e insignificanti in quel contesto, ma Bacicia gli risultava strano nell'etimologia e incomprensibile nell'adattamento al personaggio a cui era stato assegnato. Doveva quindi saperne di più per disegnare nella sua mente, schematica e metodica, un quadro di massima che ritraesse nella maniera più veritiera possibile quello strano tizio, un po' diavolo secondo il *parrinu* e un po' santo secondo il barbiere.

La strada era completamente deserta a quell'ora del giorno, ma il Maggiore era consapevole che quell'amichevole passeggiata non sarebbe stata affatto vana perché dietro a ogni *cassina*[14] dispiegata davanti agli usci c'erano occhi che li scrutavano e orecchie più sensibili dei radar e, se come pensava lui la morte del commendatore non fosse stata affatto accidentale, almeno uno tra gli abitanti di Rocca Capelvenere avrebbe avuto di che interrogarsi riguardo a quella bizzarra sfilata lungo la via principale del paese.

Continuò quindi la sua passeggiata tenendo sottobraccio il fabbro affinché gli occhi indagatori della gente del luogo notassero quel particolare e, all'occorrenza, nelle discussioni da taverna, qualche ubriacone del paese non perdesse occasione per etichettare il fabbro come *spiune, cunfirente, cunnutu e sbirru*.

Da quelle parti, infatti, si viveva da sempre facendosi i fatti propri e non era ben tollerata alcuna violazione al codice d'onore del silenzio, quel codice non scritto che sembrava impresso, sin dalla nascita, nel DNA di ciascuna persona venuta al mondo in terra di Sicilia.

---

[14] Cassina: tipico tendaggio ligneo.

6

Passate a lucido di buon mattino, le scarpe del Maggiore erano state ricoperte dalla polvere biancastra della strada sterrata, e lui, maniaco del decoro della propria divisa, intinse il fazzoletto nell'abbeveratoio e, dopo averlo strizzato con forza, lo strofinò sulle tomaie ripristinando rapidamente il nero naturale nonostante da lì a poco, di ritorno dal bar, si sarebbero inevitabilmente ridotte al medesimo stato di sporcizia.

«*Tempu persu!*» esclamò Filuferru, «*Tra cincu minuti avrete attorna i peri incritati[15]*».

«E anche voi, che vi siete appena dissetato, fra cinque minuti avrete nuovamente sete» replicò il Maggiore.

La calura aveva crepato l'area circoscritta dal rivolo proveniente dal foro del troppo pieno della vasca in pietra intagliata dell'abbeveratoio, la cui acqua non aveva manco il tempo di toccare il suolo che già s'asciugava scomparendo tra le spaccature disordinate del terreno, ispezionate con

---

[15] Avrete nuovamente i piedi ricoperti di creta.

curiosità da qualche ape e da sparuti sciami di mosche cavalline in cerca di refrigerio.

Un rumore di passi richiamò l'attenzione di Marruggiu che, voltando il capo nella direzione da cui provenivano, dall'angolo dirimpetto al bar vide sbucare la vedova del commendatore che, a testa bassa, con le braccia raccolte sulla pancia per sorreggere elegantemente la borsetta, si dirigeva al portone di casa propria di ritorno dal confessionale di Don Vicenzu.

Da quando sua moglie era passata a miglior vita, il Maggiore non aveva mai più guardato con interesse alcuna donna, ma la vedova del commendatore lo aveva catturato nello sguardo, nel cuore e nell'anima sin da quando l'aveva vista per la prima volta durante il funerale del consorte.

«Che mi succede?» pensò dirigendo per un attimo lo sguardo altrove, «quale sortilegio è mai questo?» s'interrogò, ritornando immediatamente a rivolgere gli occhi sulla donna per catturare ogni fotogramma del breve tragitto da lei percorso.

Così, silenziosamente imbambolato come un bambino davanti alla vetrina del negozio di dolciumi, la vide sparire dietro alle case.

A Filuferru non sfuggì quello sguardo infuocato dal desiderio e, nell'intimità che accomuna gli uomini segnati dal medesimo destino, con una mano schiaffeggiò la superficie dell'acqua dell'abbeveratoio lasciando partire un'abbondante schizzo che s'infranse in pieno sul volto del carabiniere, distogliendolo repentinamente dal mondo dei sogni.

«Cosa diavolo... come vi permettete?» ringhiò il Maggiore.

Filuferru sorrise e poi, mordendosi per un attimo il labbro inferiore nel gesto siculo d'intimare il silenzio, a bassa voce disse: «Se sapete mantenere un segreto vi faccio vedere una cosa eccezionale; *caminate appressu a mmia, amunì*».

Marruggiu, senza sapere né come né perché, si trovò a seguire quell'uomo a passo svelto attraverso vicoli deserti e ronchi strettissimi. I due uomini scavalcarono un paio di muri a secco e un cancello arrugginito finché giunsero all'interno di un ampio cortile.

Filuferru sgranò gli occhi mordendosi nuovamente il labbro inferiore per minacciare il silenzio assoluto, poi puntò l'indice verso un balconcino del palazzo e s'arrampicò con l'agilità di un gatto sul carrubo che dominava lo spiazzale facendo cenno, dall'alto di un ramo, d'essere seguito.

Marruggiu, comprese al volo ciò che lo aspettava oltre quel finestrone e per la prima volta in vita sua si ritrovò a mettere in discussione l'etica professionale, l'onore della divisa, il prestigio della carriera. In un attimo tutta la sua vita passata scricchiolò, come un pregiato mobile d'epoca che, ormai insidiato dal tarlo, è pronto a ripiegarsi incesorabilmente su se stesso sotto il peso insostenibile degli anni.

S'inerpicò goffamente su per quel tronco fino a raggiungere un solido ramo orizzontale in grado di sorreggerlo abbondantemente, vi si distese a pancia ingiù e cercò con sguardo infantile gli occhi di Filuferru che, un metro e mezzo più in là, appollaiato a sua volta su un robusto ramo, col dito sulle labbra gli fece cenno di attendere.

Marruggiu provò un brivido non appena le imposte si spalancarono e vide apparire la vedova in tutto il suo splendore.

Il petto appoggiato sul ramo pareva rimbalzare a ogni battito del cuore, le mani sudavano scivolando lentamente sulla corteccia, gli occhi cercavano la visuale migliore tra le fitte fronde del carrubo, la bocca rimaneva leggermente aperta per lo stupore che, d'un tratto, si trasformò in meraviglia quando la bella signora, come in un sogno adolescenziale dei tempi che furono, cominciò lentamente a spogliarsi.

Il Maggiore strizzò gli occhi per vedere meglio quel corpo divino.

Attraverso l'inferriata del balcone, che non impediva affatto la visuale, si poteva cogliere ogni minimo dettaglio e pareva addirittura che il comò, posizionato in fondo alla camera, col suo grande specchio leggermente inclinato verso il pavimento fosse sistemato a bell'apposta per offrire agli spettatori una duplice immagine di lei, sia di fronte che da tergo.

Per un istante il Maggiore rivolse gli occhi verso Filuferru e trasalì balzando a sedere cavalcioni sul ramo dopo che, con sorpresa inaspettata, vide il fabbro nell'atto di masturbarsi.

«Che diamine sta facendo?» – sussurrò digrignando i denti.

Non ricevendo alcuna risposta, Marruggiu ritornò a pancia ingiù; gli sembrava di vivere in un sogno o forse in un incubo da cui non sapeva se desiderasse maggiormente svegliarsi o continuare a dormire.

Le scarpe col tacco rimasero ai piedi della signora che iniziò a liberarsi della collana, del bracciale, degli anelli. Li ripose nel portagioie sul marmo del comò e sbottonò lentamente la sequela di bottoncini che chiudevano sul davanti il vestitino nero di raso lucido, liberando così due seni superlativi e la folta peluria pubica altrettanto nera e lucida che s'intonava alla perfezione col vestito rimastole ancora indosso. Non se ne liberò subito, ma prese piuttosto a fare le pose davanti allo specchio, raccogliendosi i capelli con entrambe le mani, ammirandosi di profilo nell'atto di sostenere quelle *minne* enormi di cui andava notoriamente fiera e che, a dispetto delle dimensioni e dell'età, non erano affatto cadenti, ma denotavano invece una naturalezza scultorea che rasentava la perfezione assoluta.

Con movimenti sensualissimi, la vedova si spostò verso la chaise longue in stile Luigi XV, ai piedi della quale lasciò finalmente cadere il vestitino, mostrando un culo che, esaltato dallo slancio fornito dai tacchi alti, pareva una delle sette meraviglie del mondo.

A quel punto Marruggiu si trovò a fare i conti con qualcosa di nuovo.

Da quando era rimasto vedovo non aveva più provato alcun desiderio sessuale, con suo totale disinteresse per la verità, perché gli era sembrata una cosa del tutto normale dopo aver compiuto i sessant'anni di vita.

Adesso, invece, dopo ben otto anni di totale inattività, il suo membro si stava confrontando alla pari con la durezza del ramo su cui era disteso e così, rimanendo avvinghiato con una gamba, si spostò leggermente di lato per sbottonarsi i pantaloni e, emulando il suo compagno di merende, prese a masturbarsi come forse non aveva mai fatto neppure da ragazzo.

«Chi se ne frega» pensò, «deve trattarsi per forza di un sogno, sissignore, per forza».

Un rapido incrocio di sguardi tra i due spettatori fu più eloquente di qualsiasi discussione e la complicità divenne immediatamente sodalizio.

La signora s'era liberata delle scarpe e si era sdraiata di fianco sulla chaise longue sfogliando le pagine di un libro. Sbadigliò parandosi elegantemente la bocca con una mano, poi tirò su un ginocchio alla ricerca di una posizione più comoda, finendo con l'offrire agli increduli spettatori la visuale perfetta della vagina rosea che spiccava prepotentemente in mezzo al pelo nero.

E rimase così la bellissima vedova, sbadigliando di tanto in tanto o sistemandosi una delle tette enormi o voltando qualche pagina del libro, fino a quando i due compari, pressoché contemporaneamente, non irrorarono il fogliame sottostante con numerosi schizzi dall'insolito fruscio che, tuttavia, ben si confuse con quello provocato dal transito occasionale delle lucertole.

Subito dopo, il Maggiore scivolò rapidamente giù dall'albero e fuggì via in direzione dell'abbeveratoio, nel quale, dopo la gran corsa, *appuzzò* la testa trattenendo il fiato così a lungo che pareva avesse deciso di morirci dentro, annegato per la vergogna.

Furono le possenti mani a tenaglia di Filuferru a tirarlo fuori dall'acqua consentendogli di riprendere fiato.

Il berretto della divisa era caduto in terra rimanendo capovolto e impolverato come in quei tragici scenari di carabinieri morti ammazzati a cui tante volte Marruggiu, suo malgrado, era stato costretto ad assistere.

Adesso, seduto sul bordo dell'abbeveratoio, gli sembrò di trovarsi di fronte alla scena del suo delitto, avvenuto per mano di chissà quale cataclisma interiore e, improvvisamente, si sentì svuotato di qualsiasi sentimento perché lì, quel giorno, ritenne fosse morta la propria rettitudine morale.

Rimase lì, imbambolato, a fissare il suo berretto fino a quando un paio di lievi ceffoni, opportunamente elargiti da Filuferru, finalmente non lo rinsavirono.

7

Il brigadiere, in quel frangente temporale, si era dedicato alla sistemazione dei verbali in precedenza stilati e poi, con grande forza di volontà, aveva tirato fuori i suoi manuali per studiare i tanto odiati teoremi di geometria.

Un persecutorio frastuono ticchettante si presentò improvviso alle sue orecchie costringendolo a richiudere i libri con una sonora sbattuta della copertina rigida.

Si inerpicò nervosamente sulla scala a pioli e raggiunse la soffitta dove, spalancata la finestrella, si mise a cacciar fuori colombe e piccioni che, col battere dei becchi sul tavolame del sottotetto, provocavano un frastuono insopportabile. Per il povero brigadiere era più che sufficiente lo scroscio della macchina da scrivere, quello strumento infernale che era diventato ormai un'appendice diretta delle sue dita, e perciò detestava qualunque effetto sonoro che somigliasse alla pigiatura dei tasti.

Non appena tutti i volatili furono fuggiti, richiuse la finestrella e rattoppò il vetro rotto sovrapponendovi un quadretto di Santa Rosalia che giaceva abbandonato nei pressi; poi ridiscese al piano inferiore e, riguadagnata la sedia della scrivania, puntò gli occhi sulla tastiera sospirando con soddisfazione nel costatare che anche lei pareva definitivamente zittita.

Marruggiu s'immerse nella gradevole frescura dello stanzone del tubercolosario con il volto scuro e accigliato; per quanto si sforzasse, non riusciva a decidere quale tra gli eventi da poco capitati fosse la causa peggiore del suo malumore. Aveva ceduto alla curiosità e, arrampicandosi su quell'albero, si era comportato come un ragazzino senza riuscire a resistere all'impulso sessuale, dando sfogo ai suoi istinti senza badare alla presenza di quell'altra persona appollaiata sul ramo accanto, ma, cosa peggiore tra tutte, aveva trascurato il suo lavoro dimenticandosene addirittura per almeno un paio d'ore abbondanti.

In questo labirinto di sensazioni rimuginava silenziosamente sulla propria condotta senza tuttavia riuscire a trovare via d'uscita alcuna, finendo col ricacciarsi, gira e rigira, nell'alveolo del pensiero fisso di costringersi a non rivedere mai più quella donna.

Congedò il brigadiere e rimase solo con se stesso, tormentandosi la mente con dubbi, perplessità, domande, non più legate alla morte del commendatore, bensì a quella strana esperienza di cui era rimasto vittima.

Cosa gli stava capitando? Di quale sortilegio era stato fatto oggetto?

Era un gran conoscitore degli usi e dei costumi siciliani.

Sapeva perfino delle *magherie* che le donne erano capaci di attuare pur di abbindolare potenziali mariti da intrappolare per sempre con l'abominevole cappio della fede al dito. Considerò tuttavia che quegli stratagemmi, attuati con l'ausilio di particolari filtri magici, erano essenzialmente utilizzati dalle *fimmine larie*, i*mmurute*, *sgangarate*, *piluse* e *malufatte* che, senza quelle *magherie* non sarebbero mai e poi mai riuscite a trovare marito, ma la vedova del commendatore, bella com'era, non avrebbe avuto alcun bisogno di utilizzare qualche elisir d'amore per attrarre gli uomini a sé.

Eppure lui si sentiva così coinvolto emotivamente, sentimentalmente e soprattutto mentalmente, da temere di essere rimasto vittima di quell'abominevole cappio.

Arrivò perfino a compiacersi di non aver accettato né cibi né bevande offertigli da chicchessia da quando era giunto in quel paese ed escluse pertanto di aver potuto ingerire qualcuno di quei famigerati e temutissimi filtri magici.

Ma allora quale diabolica macchinazione aveva potuto indurlo a comportarsi come un ragazzino, pensava. Di semplice infatuazione si trattava oppure di vero e proprio amore?

Quella notte, nonostante la spossatezza e la frustrazione, non gli riuscì di chiudere occhio per colpa di quel turbinio di pensieri che riconducevano di continuo verso la donna più bella che fosse mai vissuta sul pianeta.

La luna, proiettando ombre sinistre, disegnava sulle pareti del suo alloggio sagome dalle forme indecifrabili, come mostri dalle fauci spalancate, bramosi d'inghiottirlo e condurlo agli infernali supplizi.

Girandosi in continuazione da una parte all'altra del letto, gli tornò in mente la *magheria do' ciciru*[16], dalla quale tante volte era stato messo in guardia dai suoi colleghi d'arme e la cui efficacia era, e forse lo è tutt'oggi, consolidata nei secoli sebbene fosse necessaria una meticolosissima preparazione. Occorreva innanzitutto che la *fimmina* in cerca di marito prelevasse una certa quantità delle proprie mestruazioni defluite nel corso di un plenilunio per poi porre il sangue raccolto in un piattino in terracotta ad essiccare al sole finché non si riduceva ad una consistenza pressoché solida. Quindi, pestato in un mortaio insieme alla giusta dose di foglie della pianta di *nipitedda* al fine di alterarne il colore verso il giallo, l'intruglio ottenuto veniva amalgamato con la saliva del primo mattino della prima domenica del mese e infine manipolato con le dita fino ad ottenere un impasto della consistenza giusta a cui dare la forma tondeggiante di un cece appena estratto dal baccello.

Poi, con l'abilità della creatrice o con la complicità di qualcun altro, quel *ciciru* finiva nei cibi del malcapitato di turno all'interno di una qualche minestra e, una volta inge-

---

[16] Magia del cece.

rito, gli faceva letteralmente perdere la testa provocando-
gli un innamoramento senza precedenti e senza biglietto di
ritorno.

«Sono certo di non aver mangiato cibi offertimi, né ho accettato caffè o bevande», pensava Marruggiu che ormai
era andato completamente nel pallone e combatteva una
strana lotta tra raziocinio e infatuazione.

Si risolse quindi di farsi aiutare dall'unica persona con cui
potesse confidarsi a cuore aperto e così, sebbene afflitto
dal sonno, alle prime luci del mattino si recò in casa di Filuferru che, essendo *schiettu*[17], lo ricevette lontano da
orecchie e occhi indiscreti.

«Ma quale *ciciru? Vuoi cugghiuniari?*» esordì ridendo il
fabbro, «Vero è che le *magherie* sicule sono temibilissime,
ma non è certamente questo il caso. La vedova non ne
aveva certamente bisogno! Tranquillizzati piuttosto; non
devi sentirti in colpa per quello che abbiamo fatto ieri na-
scosti sull'albero. Tutto il paese lo fa, compresi i *picciriddi*».

Marruggiu spalancò gli occhi di fronte a quella novità e,
più confuso che persuaso, domandò: «Dal medesimo albero?».

«Nossignore! Non c'è mica una sola finestra in quella casa; ci sta quella sovrastante le stalle, quella della camera

---

[17] Schiettu: scapolo.

da letto e tante altre. Ogni paesano ha i suoi spazi e i suoi tempi, e nessuno invade spazi e tempi altrui».

«Intendi dirmi che tutto il paese *se la mina* spiando le grazie della signora?»

«Sissignore».

«Ma roba da matti...».

«Questa storia va avanti da vent'anni almeno. Avresti dovuto conoscere la signora quando aveva trent'anni ed era nel pieno della sua bellezza. *Fimmina* spettacolare era!».

«Ma anche adesso che di anni ne ha una cinquantina è pur sempre una donna bellissima» mormorò Marruggiu che tutto d'un tratto parve rasserenato, come se quella comune debolezza condivisa con tutti i maschi di quel paesino non fosse, in effetti, da considerarsi alla stregua di una malefatta, quanto piuttosto una legittima tentazione della carne di cui c'era ben poco di che vergognarsi. Una leggerezza dell'essere umano comune.

Emise un gran sospiro e si perdonò la stravagante circostanza sessuale del giorno precedente, deciso più che mai a riprendere le sue indagini al fine di chiudere il caso al più presto, e per fare ciò gli serviva carpire quante più informazioni possibili riguardo al commendatore, quindi rivolgendosi al fabbro cominciò: «Ieri mi avevi accennato al soprannome del commendatore; che origine potrebbe avere?».

«Dalle nostre parti, Bacicia è un modo offensivo per ridicolizzare qualcuno apostrofandolo con scherno».

Marruggiu annuì lasciando intendere che aveva ben compreso e poi, iniziando a passeggiare lentamente attorno al tavolo della cucina, chiese: «C'è tuttavia qualcosa che non capisco: perché mai appioppare una simile ingiuria a un commendatore, lasciando che divenisse addirittura cognome?».

Filuferru parlò con tono pacato per una mezz'ora abbondante, consentendo al Maggiore di apprendere che, dopo l'ascesa del fascismo, ai mafiosi locali serviva qualcuno da posizionare ai tavoli del potere esponendosi in loro vece a tutela dei loro interessi, e poiché il commendatore era l'unico in paese ad avere un po' di scuola, la scelta ricadde, giocoforza, su di lui.

Quando durante il ventennio fascista furono emanate le leggi razziali, i suoi genitori, che erano ebrei, gli intestarono tutti i loro averi ed emigrarono in Argentina col favore dei gerarchi locali del partito. Quel cognome ebreo era però troppo scomodo e il buon commendatore acconsentì, ridendoci perfino su, all'imposizione di quel nuovo, ridicolo cognome.

Tutta la gestione politica e burocratica degli interessi locali passava dal suo studio e il commendatore, già benestante per i lasciti ricevuti dai genitori, si arricchì a dismisura elargendo favori alla malavita in campo edilizio, agrario e perfino nel ramo dell'industria bellica.

Rocca Capelvenere divenne il centro direzionale di tutti gli affari, leciti o illeciti, della Sicilia.

Imprenditori, industriali, gerarchi, proprietari terrieri, ma anche semplici cittadini e gente onesta, facevano entra ed esci da quello studio per ottenere un visto, un timbro, un bollo utile al disbrigo di pratiche e, com'era d'uso in siffatte circostanze, per accelerare i tempi tecnici nessuno si presentava al cospetto del commendatore a mani vuote, elargendo doni e regalie per lui e per la sua bellissima moglie.

Costei era una contadinella di umilissime origini che il commendatore aveva, non tanto conquistato, quanto piuttosto acquistato nel vero senso della parola, convincendo i genitori di lei con l'indiscusso potere della moneta sonante. Pur senza amore, lei accettò di buon grado, sia per rispettare la volontà del padre sia per l'inevitabile attrazione che la vita borghese le suscitava e fu così che il minuscolo paesino fu messo in subbuglio da quella nuova e graditissima presenza femminile.

Quando Filuferru finì di raccontare, l'orologio del campanile aveva già suonato le undici e Marruggiu, soddisfatto pienamente, s'avviò verso il suo studio improvvisato per riprendere il lavoro.

Percorse la strada del ritorno a testa bassa, com'era suo solito durante i suoi percorsi mentali di ricostruzione dei mosaici che, tassello dopo tassello, gli consentivano di ricreare il disegno originario di un qualche avvenimento temporaneamente ridotto a un parziale grado di disordinata scomposizione.

8

I centopiedi avevano invaso a decine il muro perimetrale esterno del tubercolosario, stazionando a circa un metro dal livello del suolo.

Marruggiu li notò e, quasi d'istinto, sollevò gli occhi al cielo che, in quel momento, appariva completamente sgombro da nubi.

«Li avete visti i centopiedi, brigadiere?» domandò subito dopo aver varcato la soglia.

«Certo che sì» rispose quello, «sono sbucati da chissà dove in tutta la stanza, stamattina».

«Tra non molto quindi pioverà!» sentenziò il Maggiore.

«Davvero?» ribatté il brigadiere con una smorfia di incredulità.

«Certamente; loro fiutano la pioggia e sanno bene, per istinto, che devono risalire lungo i muri se non vogliono rimanere annegati al livello del pavimento».

«Siamo a luglio, signor Maggiore, il cielo è limpido, il sole spacca le pietre e lei vuol farmi credere che tra non molto arriverà la pioggia?».

«Vedrà, brigadiere…vedrà».

Così dicendo, Marruggiu, con un *pospero* acceso si avvicinò alla parete dietro alla scrivania e, accostando la fiammella ai centopiedi che gli erano più a tiro, prese a carbonizzarli lasciandoli precipitare in terra. Quelli, da lunghi e affusolati che erano in quel momento, a contatto col fuoco *s'intrucciniavano*[18] su se stessi e finivano in un battibaleno la loro pressoché inutile esistenza precipitando in terra con un quasi impercettibile tonfo.

Marruggiu accese un *pospero* appresso all'altro e si mosse lentamente lungo tutta la parete col braccio allungato verso il basso finché si lasciò alle spalle una scia di centopiedi carbonizzati, schierati disordinatamente lungo il pavimento nella classica posizione a spirale che l'istinto faceva assumere a quei vermi nelle condizioni di pericolo, ma che, tuttavia, nulla poteva contro la potenza del fuoco.

«Mai schiacciarne uno con le scarpe, brigadiere,» disse il Maggiore mentre sospingeva verso l'uscio quella carneficina con l'ausilio di una ramazza, «il loro puzzo è molto fastidioso per le narici umane e si protrae per giorni e giorni».

Il giovane brigadiere, apparentemente disinteressato a quell'insegnamento, fece spallucce, uscì dalla stanza e, appena dietro l'angolo, si sfilò una scarpa per annusarne la suola che, in effetti, risultava puzzolente come una carogna esposta al solleone.

---

[18] S'attorcigliavano.

Per poco non ebbe un conato di vomito e si rammaricò d'aver impiegato la mezza mattinata a schiacciare centopiedi senza tuttavia percepirne il tanfo che, come esperienza insegna, è di più facile percezione per chi dal di fuori s'introduca all'interno di un ambiente contaminato. E infatti, quando il brigadiere tornò dentro, lo avvertì in tutta la sua schifosa esalazione e non poté fare a meno di spalancare porta e finestre per l'indispensabile ricambio d'aria. Poi s'incamminò in direzione dell'abbeveratoio al fine di ripulire a dovere le suole delle scarpe e, sorridendo, non poté fare a meno di apprezzare la discrezione del Maggiore che, senza provocargli imbarazzo alcuno, molto educatamente gli aveva appena fornito una preziosa lezione di vita.

Il Maggiore aveva già lasciato lo stanzone del tubercolosario per recarsi a interrogare Zibbibbu, il barista, dal quale sperava di ottenere qualche altra preziosa informazione riguardante la vita privata del commendatore. Quelle appena ricevute da Filuferru rivelavano la personalità contorta di un uomo disposto a rinnegare l'amore dei suoi genitori in nome di un ruolo di prestigio nella società.

«Come può un uomo,» s'interrogava Marruggiu percorrendo il viale principale del paese, «liquidare madre e padre in quattro e quattr'otto sottraendo anzitempo un'eredità che l'avrebbe arricchito comunque? Come può un uomo rinnegare le proprie origini cambiando addirittura cognome e abbandonando al proprio destino coloro che l'hanno messo al mondo? Tanto può la sete di potere? Non avrebbe potuto tentare la fuga insieme a loro e accompagnarli nella vecchiaia in un paese libero?».

Il ritratto che veniva fuori da quella tavolozza di colori stinti lasciava pochi dubbi riguardo all'abietta personalità del commendatore.

Quando il Maggiore fu quasi in procinto di varcare la soglia del bar di Zibbibbu, dalla viuzza dirimpetto sbucò la vedova del commendatore che, rivolto lo sguardo verso sinistra per assicurarsi che non transitassero carrozze, incrociò per un solo istante gli occhi del carabiniere prima di attraversare la strada e riprendere rapidamente il cammino nella direzione opposta.

Nonostante il Maggiore fosse persona posata e tutta d'un pezzo, la vista di quello sguardo unita alla sensualissima camminata di quella donna, quasi ipnoticamente lo costrinsero ad oltrepassare l'entrata del bar e a procedere silenziosamente al seguito della bellissima signora che, senza voltarsi, si dirigeva con disinvoltura verso casa.

«Dove credi di andare, razza di idiota?» s'interrogò il Maggiore sistemandosi il nodo della cravatta della divisa durante quel cataclisma introspettivo.

«A condurre delle indagini» si rispose, quasi a giustificare quell'improvviso cambio di programma.

«Ah sì? Allora torna indietro ed entra al bar per interrogare il barista», incalzò la sua coscienza.

«Il barista può attendere», insistette l'uomo.

«Non buttare per aria tanti anni di onorata carriera».

«Sto conducendo delle indagini e ogni particolare potrebbe rivelarsi utile».

«Torna indietro...».

«Va' avanti...».

«Torna indietro...».

Mentre la confusione degenerava con impeto pari a un interiore litigio, il Maggiore riconobbe il viottolo percorso di soppiatto il giorno prima, quello che conduceva al carrubo che si stagliava di fronte a quella benedetta finestra di casa Bacicia.

Lo imboccò dopo essersi voltato rapidamente indietro per accertarsi di non essere seguito e percorse in tutta fretta quella sequela di passi, svolte, arrampicature e salti che lo condussero finalmente alla base del tronco.

Lì, sudato e ansimante per la gran corsa, sulla corteccia appoggiò l'avambraccio e su di esso la fronte, concedendosi qualche istante per riprendere fiato. Poi ebbe un fremito e rimase terrorizzato all'idea di sollevare lo sguardo e trovare qualcun altro appollaiato sui rami, ma quando invece prese atto d'essere completamente da solo, con movenze feline guadagnò il ramo migliore e s'appostò rimanendo in assoluto silenzio col cuore talmente palpitante che pareva volesse saltar fuori da un momento all'altro attraverso la gola.

Gioì di essere completamente solo, tuttavia le parole di Filuferru riguardo al tacito accordo tra compaesani di totale rispetto dei tempi e degli spazi altrui lo mettevano in agitazione poiché temeva che, da un momento all'altro, qualche estraneo si presentasse per reclamare il proprio diritto di precedenza.

Si sentì pervaso da un sinistro sentimento di gelosia; ormai che era lì voleva goderselo lui da solo lo spettacolo e avrebbe combattuto perfino con la forza se si fosse reso necessario farlo.

Il cuore gli batteva, la salivazione era a zero, e mentre le imposte della finestra continuavano a rimanere chiuse, come un fuggitivo braccato roteava freneticamente la testa ora verso il vicoletto che dava sbocco in quel giardino desolato, ora verso la base del tronco del carrubo secolare, ora verso la finestra della bella signora.

Meditò, durante l'attesa, su quale titanica forza rappresentasse il desiderio sessuale, arrivando perfino a considerarlo il vero e proprio motore dell'universo se era vero che Dio stesso aveva strumentato la procreazione proprio tramite l'orgasmo, garantendo la sopravvivenza di tutte le specie animali attraverso brevi ma irrefrenabili istanti di goduria.

«Grande invenzione l'orgasmo,» pensò, «chi mai deciderebbe di mettere al mondo un figlio se l'atto del concepimento fosse privo di piacere fisico?».

Dopo un'ora abbondante, quando già meditava di abbandonare la postazione, le imposte si spalancarono, ma, con somma delusione, invece che la vedova si ritrovò davanti agli occhi la signora Melina, badante di casa Bacicia, che con grande dinamismo adagiò un tappeto sulla ringhiera del balconcino e prese a strofinarlo energicamente con una spazzola che pareva quella adatta a strigliare i cavalli.

E andò avanti così per diversi minuti la signora Melina, intingendo di sovente la spazzola in una *vacila* d'acqua fino a quando non ebbe fatto pelo e contropelo sull'intera superficie del tappeto, quindi si mise a percuoterlo energicamente con un battipanni, prima da un lato, poi dall'altro.

Approfittando di quel frastuono, Marruggiu calò giù per il tronco e guadagnò la via del ritorno soffermandosi per pochi istanti presso l'abbeveratoio, nel quale intinse il fazzoletto per ripulirsi le scarpe imbiancate dalla polvere.

Deluso per l'attesa vana, se ne stava accovacciato nell'atto di lucidare la tomaia quando, con la coda dell'occhio, vide alla sua destra degli strani movimenti.

Don Vicenzu, tutto trafelato, aveva varcato la soglia di una casupola mezza diroccata dopo aver transitato in tutta fretta proprio davanti all'abbeveratoio senza minimamente notare il carabiniere che, con istinto professionale, chinato era e chinato era rimasto.

Quando il *parrinu* sparì alla sua vista e Marruggiu era quasi in procinto di rialzarsi da quella celata posizione d'osservazione, da un vicolo venne fuori uno dei due *carusi* chierichetti, Cicciuzzu, che con la medesima e incomprensibile fretta s'infilò di soppiatto attraverso la medesima porticina di legno in vernice verde varcata pochi istanti prima da Don Vicenzu.

Il Maggiore, che aveva fatto la mossa d'alzarsi in piedi e poi s'era acquattato di nuovo, adesso si stava rialzando definitivamente, ma ancora una volta si bloccò alla vista della vedova che, dal fondo del corso principale, si stava dirigendo anch'essa verso quella direzione e la osservò con duplice curiosità, quella sessuale che lo accecava di desiderio e quella professionale che già immaginava la destinazione finale di quella rapida camminata.

Tra stupore e sospetto la vide entrare in quella stessa casetta e soltanto allora, dopo essersi finalmente rimesso in piedi, strettosi il labbro inferiore a cucchiaino tra indice e pollice, gettò una rapida occhiata a quella casa che non gli sembrò affatto diversa da tutte quelle che le stavano intorno, coi medesimi germogli d'erbaccia alla base dei muri scalcinati, le finestre tappate dagli scuri, alcuni cocci di tegola frantumati al suolo, edera selvaggia e muschio a tramontana, pale di *figurinia*[19] quasi ad ogni angolo.

Un cane randagio spiccò un salto sulle zampe posteriori atterrando con tutt'e quattro sul bordo dell'abbeveratoio, dove iniziò a bere rumorosamente distraendo per un istante il carabiniere che, mosso dal medesimo bisogno di dissetarsi, si sporse in avanti e s'attaccò con le labbra alla cannula sopraelevata dell'acqua corrente lasciandosela sfociare sulla faccia e sui capelli.

---

[19] Fichidindia.

«Che refrigerio!» pensò, lisciandosi i capelli all'indietro con entrambe le mani, «Adesso non mi rimane che attendere la fuoriuscita di quei tre e ispezionare per benino quello strano luogo di ritrovo».

Quindi si mise a posto il cappello e s'incamminò verso il tubercolosario.

«La domestica va interrogata in presenza della padrona di casa,» rifletté il Maggiore mentre procedeva a passo lento, «so bene che la servitù, posta di fronte a una domanda sconveniente, cerca sempre gli occhi del padrone in cerca di un aiutino o d'un suggerimento che, puntualmente, arriva con un gesto, una smorfia, un colpo di tosse, un inarcamento delle sopracciglia. Non oggi dunque... non oggi. Lascerò trascorrere ancora un giorno per lasciare credere che non mi sia accorto di nulla e frattanto, di notte, mi recherò a ispezionare con cura quella casupola dalla porta in vernice verde».

Fece quindi ritorno al suo studio e prese gli attrezzi necessari al sopralluogo: i guanti di pelle, la torcia elettrica, i chiavistelli. Quindi s'appostò, attese che tutti e tre i visitatori di quello strano luogo di ritrovo facessero ritorno alle proprie case e, finalmente, col favore delle tenebre, s'intrufolò furtivamente dopo aver forzato l'antica serratura arrugginita.

Ciò che gli si presentò agli occhi lo turbò parecchio.

In mezzo alla stanza semivuota si trovava un altare improvvisato con tanto di tovaglietta bianca ricamata, su cui giacevano, ben ordinati, il calice per il vino, il piattino con le ostie e delle immaginette di santi. Poco distante dall'altarino un inginocchiatoio di legno scuro con l'imbottitura in velluto rosso; poi delle candele qua e là e soprattutto, nell'angolo più internato della stanza, una profonda incavatura nel terreno colma d'acqua limpidissima simile a una vasca da bagno, o per meglio dire, un bagno ebraico in piena regola, al quale si accedeva per mezzo di tre gradini scavati nella pietra.

Nel buio quasi pesto, il Maggiore riconsiderò perfino la posizione di innocenza del curato del paese che, a quel punto, rientrava prepotentemente, e a pieno titolo, nella lista dei sospettati.

Gli indizi appena scoperti, tutti proiettati verso qualche sorta di rito purificatorio di chissà quale natura, convogliavano oramai le responsabilità della morte del commendatore verso la vedova che, tuttavia, considerata la dinamica del presunto incidente, non potendo agire in solitaria, doveva essersi avvalsa, necessariamente, della complicità di una figura maschile.

Al Maggiore Marruggiu non rimaneva dunque altro da fare che ascoltare con le proprie orecchie le private confessioni della bella vedova durante quegli strani riti segreti di abluzione e vedere con i propri occhi tutto ciò che c'era da vedere.

Dopo aver fatto ritorno al tubercolosario nel cuore della notte, lasciò sulla scrivania del brigadiere un biglietto con cui lo avvisava che si sarebbe assentato per un paio di giorni per il disbrigo di alcune faccende personali, quindi ripercorse silenziosamente i suoi stessi passi e tornò indietro per appostarsi all'interno della casupola dalla porta verde.

Il mobilio accatastato alla rinfusa a ridosso di una delle pareti della stanza faceva proprio al caso suo offrendo pratico ed efficace nascondiglio. Il fascio di luce della torcia elettrica si mosse lentamente su due vecchi materassi arrotolati, un grosso armadio adagiato orizzontalmente, una dozzina di sedie impilate le une sulle altre a gruppi di tre, un paio di grosse valigie e infine, disposte a casaccio, una miriade di suppellettili e cianfrusaglie varie.

Lì in mezzo il Maggiore si acquattò rendendosi invisibile e rimase immobile e in assoluto silenzio per diverse ore, fino a quando, alla sera seguente, il rumore della chiave nella toppa della porticina dalla vernice sgretolata gli fece palpitare il cuore e, qualche istante più tardi, i tre protagonisti furono al centro di quel palcoscenico illuminato dai bagliori delle candele.

«Ci siamo!» pensò Marruggiu dal suo nascondiglio; indi aguzzò la vista accigliandosi nella semioscurità come una faina davanti alla preda nella propria tana.

9

Il pomeriggio seguente, quando il vespero s'affaccio sulle colline a mutar coi suoi colori le rocce tondeggianti che dominavano il pianoro su cui sonnecchiava Rocca Capelvenere, il Maggiore Marruggiu, rinfrancato dalla frescura dell'improvviso voltar d'un ponentino gentile, con la sua divisa sempre linda e perfettamente ordinata s'incamminò nuovamente in direzione della casa del commendatore.

Nonostante l'appostamento della notte precedente gli avesse fornito quasi tutti i tasselli necessari alla chiusura del caso, Marruggiu desiderava comprendere fino in fondo un paio di altri particolare che, nelle loro dinamiche, lo lasciavano lievemente perplesso.

Doveva scoprire i complici della vedova del commendatore e comprendere quale specifico ruolo avessero avuto nell'esecuzione dell'omicidio.

Giunto ai piedi del palazzo, scosse il picchiotto del portone con tre colpi in rapida successione e, dopo aver fatto un passo indietro con eleganza marziale, rimase in attesa nella posizione dell'attenti.

Lui era fatto così; a seconda dell'interlocutore di turno sapeva sempre come muoversi, come parlare, come presentarsi e, in quella specifica circostanza, aveva premeditato di mettere sin da subito in soggezione la domestica per catturare negli occhi di lei, se non il terrore, quantomeno l'imbarazzo.

E così fu.

La signora Melina, ritenendo che si trattasse del *picciotto* a cui aveva commissionato la consegna di un mazzo di *'sparici* appena *cugghiuti*[20], aprì con estrema disinvoltura, masticando addirittura un boccone di formaggio che a momenti gli andava di traverso quando si trovò davanti agli occhi quel carabiniere serioso e impassibile.

«La signora sta facendo il bagno...» balbettò la domestica.

«Poco importa,» rispose il Maggiore con tono solenne, «non sono qui per la signora, sono qui per parlare con voi».

«E... ma ora *nun pozzu*; devo aiutare la signora durante il bagno, poi devo servire la cena e infine devo sistemare ogni cosa per la notte. *Vossia voli turnari dumani ammatina?*».

Marruggiu, che aveva già colto la prima bugia della donna, la mise subito alle strette incalzandola con tono severo: «Mia cara signora, lei mi riceve con un pezzo di pecorino in mano offendendo la mia intelligenza. Quale padrona di

---

[20] Asparagi appena raccolti.

70

casa si lascerebbe aiutare durante la toletta da due mani sudice e puzzolenti come le sue? Fingerò quindi di non aver sentito la sua menzogna riguardante il presunto bagno della signora. Saliamo dunque!».

Così dicendo scansò la domestica e varcò per primo la soglia, attendendo poi di essere condotto verso le stanze della padrona di casa dalla signora Melina che, rossa di vergogna per la figuraccia appena rimediata, dopo aver attraversato l'ampia corte a cielo aperto iniziò goffamente la risalita della scalinata che dall'androne conduceva al piano superiore, mentre il Maggiore lasciò cadere lo sguardo sul secchio appeso alla carrucola sul montante ricurvo in ferro battuto che sovrastava il pozzo dell'acqua.

Gli sembrò fin troppo arrugginito quel secchio, vecchio e rapidamente abbandonato da quando l'acqua corrente aveva fatto la sua comparsa nelle case del paese.

Ormai quel secchio, inutilmente penzolante sul pozzo dismesso, per colpa della sua ruggine mal contrastava con la carrozzeria lucidissima della Balilla nera del defunto commendatore, che giaceva parcheggiata all'ombra nell'angolo dove, fino a pochi anni prima, si trovavano le tre vetture di casa Bacicia: il calesse estivo, la carrozzella con la capote per le mezze stagioni, la carrozza grande adatta per l'inverno, con la copertura in mogano e gli sportelli coi finestrini a vetri doppi ricoperti da tendaggi scorrevoli color porpora.

Al suo occhio esperto non sfuggirono i tre gatti tigrati che sonnecchiavano sul cofano dell'automobile; s'avvicinò con la scusa di accarezzare i mici e, al contempo, saggiò con la mano la temperatura esterna della vettura trovando insindacabile riscontro alla sua deduzione: il motore era ancora caldo. La Balilla del commendatore aveva certamente viaggiato in quel pomeriggio ed aveva raggiunto il suo ricovero abituale, lì all'ombra del pergolato, da non più di mezz'ora.

La signora Melina, dall'alto della rampa, tossì sonoramente nel tentativo di catturare l'attenzione del Maggiore che se n'era rimasto immobile con uno di quei gatti tra le braccia, completamente assorto tra la miriade di domande che la circostanza gli imponeva.

Chi aveva guidato? Quali i passeggeri? Per quale destinazione?

«Arrivo subito, signora,» disse Marruggiu alzando la voce; poi quasi saltellando ad ogni gradino raggiunse rapidamente la domestica, la quale lo fece accedere a un salottino che fungeva da anticamera dello studio del commendatore.

«S'accomodi pure; vado ad annunciare la sua visita» disse la domestica.

Invece di sedersi, Marruggiu raggiunse la finestra e, continuando a tempestarsi la mente di domande, osservò che quell'automobile doveva essere stata lucidata di fresco giacché priva del ben che minimo granello di polvere di cui, piuttosto, sarebbe dovuta risultare inevitabilmente ricoperta circolando per le strade sterrate del paese.

Nel cervello del Maggiore ritornò quindi a configurarsi la necessaria presenza di un qualunque uomo che, dopo la morte per tubercolosi dell'amante noto a tutti, quel tale Alfiu *u giardineri*, ne avesse preso il posto godendo delle grazie della bella moglie del commendatore.

Ne era convinto; la signora non poteva non avere un amante e, del resto, di uomini ne circolavano parecchi in quei dintorni. Oltre alla signora Melina, tra la servitù alle dipendenze della padrona di casa vi erano anche tre stallieri, due addetti al facchinaggio, tre giardinieri, senza contare contadini, pastori, muratori, massari incaricati di portare avanti le attività delle tenute della famiglia Bacicia.

Da quella finestra il Maggiore dominava con lo sguardo tutta la corte, le tre facciate perimetrali interne del palazzo, il grande porticato con l'arco a tutto sesto che dava l'accesso ai giardini. Capì che l'ala dirimpetto al suo punto di osservazione dovesse inglobare le camere da letto e la stanza con la chaise longue in stile Luigi XV, in quanto riusciva a intravvedere, al di là delle tegole, una piccolissima porzione della chioma sommitale di quel carrubo che l'aveva visto, al tempo stesso, sia spettatore sia protagonista della più scellerata minchioneria che un carabiniere avesse mai potuto commettere, indossando perdipiù la divisa dell'arma.

Provava ancora un profondo sentimento di vergogna per quell'avvenimento, ma al contempo, suo malgrado, si sentiva succube di un incontenibile desiderio di ripeterne l'esperienza nonostante le irrefrenabili masturbazioni con le quali aveva tentato di calmare i bollenti spiriti che, ogni santa notte da quando si era trasferito in quel paesello, lo riconducevano alle paradisiache visioni delle nudità di quella fantastica donna.

Sospirò dapprima e poi sorrise, ripensando alle sue *minate* notturne, alla respirazione accelerata, alla sudorazione sprigionatasi sotto quelle benedette lenzuola che, pur nel clima torrido, si rendevano necessarie per limitare le furiose scorribande delle zanzare tigri.

Poi, scuotendo leggermente il capo come per risvegliarsi da un sogno, ritornò all'imbastitura della sua strategia investigativa, fermamente determinato a non lasciarsi distrarre dalle seduttive tentazioni che, inevitabilmente, l'incontro con la signora avrebbero provocato.

Quella strategia prevedeva di risalire all'identità dell'amante segreto che, sapientemente messo sotto torchio, avrebbe finalmente rivelato il piano d'azione, il movente e le modalità d'esecuzione dell'omicidio del commendatore.

10

Mentre era assorto nelle sue congetture, Marruggiu udì il ticchettio dei tacchi della padrona di casa che avanzavano lentamente nella sua direzione, intervallati da attimi di silenzio dovuti alla presenza dei pregiati tappeti persiani distesi lungo i corridoi, ritornando poi a farsi sentire più acuti e vicini di prima.

Ebbe un batticuore inaspettato quando se la trovò davanti in tutta la sua perturbante bellezza, avvolta in una camicia da notte di bianco lino finissimo dalla scollatura mozzafiato.

Tentò tuttavia di non esternare alcuna emozione, rimanendo muto come un pesce durante il doveroso saluto, limitato, nella circostanza, a un garbato inchino.

Poi, con voce solida, cominciò: «Le porgo le mie più sentite condoglianze, signora».

«A cosa devo l'onore della sua visita?» disse la signora.

«Ho ricevuto l'ingrato compito di relazionare riguardo all'incidente occorso al commendatore».

«E a che punto sono giunte le vostre indagini?».

«Prossime all'archiviazione del caso, gentile signora. Archiviazione per incidente domestico».

«Mi segua!» esclamò la vedova che, attraversando la stanza, passò così vicino al Maggiore da invadergli le narici di un delicato profumo di aghi di pino bagnati dalla prima pioggia autunnale.

Marruggiu le andò dietro per qualche passo e, quando varcò la soglia dell'ampia porta a doppia anta che dava accesso allo studio del commendatore, rimase stupito dalla gran quantità di specchi che l'arredavano.

Ce n'erano più di una decina e di ogni dimensione: alle spalle della scrivania, ai quattro angoli, sul canterano della parete centrale e due perfino appesi all'architrave rivolti al pavimento, inclinati di quarantacinque gradi rispetto al soffitto.

Entrò in confusione vedendosi riflesso dappertutto, ma ancor di più entrò in crisi quando la signora lo fece accomodare sulla poltroncina degli ospiti e s'accorse che, da quella posizione, per quanto rivolgesse lo sguardo su ciascuno di quegli specchi, la propria immagine risultava sparita da ogni dove.

La vedova sedette nella postazione di lavoro che fu del marito e, dopo aver inserito una sigaretta in un elegante bocchino d'avorio, prese a fumare dirigendo il fumo della prima boccata proprio in faccia al Maggiore, il quale, senza batter ciglio, lesse negli occhi della signora una evidentissima malizia, resa ancor più esplicita da un sorriso trasversale appena accennato.

Si guardò attorno e constatò che gli specchi non riflettevano neppure l'effigie di lei, puntando esclusivamente su arredi, suppellettili, taluni sul pavimento, altri sui quadri alle pareti.

Il suo stralunato rotear d'occhi fu interrotto dalla voce della padrona di casa che, reggendo elegantemente il bocchino fra indice e medio della mano destra, iniziò a parlare: «Mio marito rimaneva inchiodato a questa poltrona per ore ed ore, eppure io la trovo alquanto scomoda».

«Di cosa si occupava esattamente il commendatore?» chiese Marruggiu.

«Ma quale commendatore e commendatore... Avete forse voglia di scherzare? Mio marito era un semplicissimo ragioniere, e per giunta nient'affatto scaltro e capace nella gestione della sua materia. Aveva avuto la fortuna di trovarsi nel posto giusto al momento giusto quando, dopo la presa del potere del fascismo, si affiliò alle camicie nere che gestivano gli affari della zona e così i rais locali demandarono al suo ufficio tutti gli incartamenti che riguardavano i loro loschi interessi personali».

Lo sguardo della signora, unitamente alle sensuali movenze e alla prominente fessura divisoria dei seni che spiccava ben visibile dalla scollatura, provocavano al Maggiore un'irresistibile bisogno di lussuria.

«Vorrei rivolgere qualche domanda alla governante, se lei permette, signora» disse Marruggiu.

«La mia domestica vi raggiungerà subito e risponderà senza esitazione a tutto ciò che chiederete. Io ingannerò il tempo leggendo un libro nell'anticamera» rispose la vedova pigiando per tre volte il campanello posto sulla scrivania affinché la governante, secondo le consuetudini della casa, si recasse immediatamente sul posto.

Il Maggiore annuì e s'alzò garbatamente in piedi mentre la vedova abbandonava lo studio del commendatore senza richiudere dietro di sé la porta a doppia anta che separava i due ambienti.

Prima ancora che la signora Melina si facesse viva, Marruggiu si perse immediatamente tra le immagini riflesse da uno degli specchi che puntava proprio verso l'anticamera dove la padrona di casa s'era testé recata.

La signora si era liberata della vestaglia e, rimasta completamente nuda, dopo aver acceso un batuffolo d'incenso orientale, s'era inerpicata sulla scaletta a pioli della libreria per scegliere uno dei volumi posti sugli scaffali alti.

Di fronte a quella nudità il Maggiore fu pervaso dalle *quararate*[21] e non riuscì più a staccare gli occhi dal grande specchio che, dall'architrave del soffitto, proiettava fotogrammi quasi rallentati, in netta contrapposizione col ritmo frenetico del suo cuore che, adesso, gli rimbombava

---

[21] Colpi di calore, spesso dovuti all'aumento della pressione sanguigna con conseguente, improvvisa, sudorazione.

nelle orecchie come i fuochi d'artificio durante la festa di Santa Rosalia.

Così Marruggiu non riuscì a staccare gli occhi dagli specchi e rimase come in stato di ipnosi tra le curve di un culo perfettamente rotondo quasi raggiunto dalla chioma bruna che scendeva giù lungo la schiena.

La vide ridiscendere la scaletta e raggiungere il divano, sul quale si distese a pancia ingiù puntando i gomiti sui cuscini per sollevare la testa quanto bastasse agli occhi per poter leggere le pagine del libro che s'era posta innanzi. Aveva quindi sollevato le gambe perpendicolarmente al corpo disteso e, a piedi incrociati, aveva preso a dondolarli lentamente su e giù, avvicinando i talloni fin quasi a toccare le natiche. Per voltare le pagine, lasciava ondeggiare appena il seno destro che, immediatamente dopo, ritornava nuovamente a gonfiarsi di lato, delicatamente schiacciato dal peso del busto. A tratti, portava alla bocca il pollice della mano sinistra per arrotondarsi l'unghia con i denti e poi richiudeva le labbra succhiando il dito per qualche istante prima di ridistendere il braccio sul cuscino. Poi si sollevò e si mise seduta a gambe aperte, appoggiando i gomiti sulle ginocchia, lasciando penzolare le *minne* dal busto inarcato in avanti. Tuttavia il libro che reggeva tra le mani occludeva la visuale del pube e Marruggiu, allungando il collo, posò gli occhi su un altro specchio circolare incorniciato da lignei intrecci dorati in stile rococò che, posizionato sul pavimento al di sotto della finestra, come una lente d'ingrandimento offriva la visuale perfetta della preda tanto desiderata.

Quella peluria triangolare e folta al centro delle gambe ben divaricate sembrò a Marruggiu l'opera d'arte più mirabile che mano d'artista avesse mai saputo realizzare e, per un attimo, ricondusse quell'immagine alla meraviglia naturale più volte ammirata durante le sue visite a Siracusa, paragonandola all'antro dell'Orecchio di Dionisio circondato dall'edera che ne avvinghiava la rupe.

Era in estasi ormai.

Non sapeva più da quale parte indirizzare lo sguardo perché ognuno di quegli specchi offriva un dettaglio, un particolare, un'angolazione diversa.

Dappertutto c'erano *minne* enormi, pelo bruno, natiche sode.

Marruggiu per poco non svenne a causa dell'eccessiva eccitazione e dell'esasperato rotear di sguardi a bocca aperta.

11

«Mi sta a sentire, signor colonnello?» domandò la domestica alzando il tono della voce.

Marruggiu sussultò come al risveglio da un sogno e, dopo
essersi ricomposto accavallando le gambe, stretto il nodo
della cravatta con grande imbarazzo, rispose: «Certo che
l'ascolto, ma non sono un colonnello, sono un Maggiore».

«Bene, io sono qui per voi. Chiedete pure» disse la domestica.

«La ringrazio molto, ma mi sono ricordato di un impegno
impellente» tagliò corto Marruggiu che finalmente sembrava essersi destato ed era ritornato il carabiniere di sempre, rammaricandosi subito per non aver svolto il suo lavoro come avrebbe dovuto, ma al rammarico s'aggiunse lo
sconforto quando, dagli specchi, vide la padrona di casa
ancora seduta sul divano con indosso la camicia da notte
di seta bianca.

«Ho dunque immaginato tutto?» s'interrogò, «A questo livello di perversione sono arrivato? Cosa diavolo mi succede?» pensò.

S'alzò in piedi e fece cenno alla domestica di accompagnarlo alla porta.

Attraversando l'anticamera si soffermò al cospetto della vedova, la salutò con un elegante baciamano e prese commiato con poche parole: «Vi ringrazio per la collaborazione; le mie indagini sono pressoché concluse. Lascerò questo paese tra non molto».

«Può anticiparmi qualcosa in merito alla conclusione del caso?» domandò la vedova.

«Incidente, signora mia, incidente... pace all'anima sua» concluse il Maggiore.

Il grande portone di casa Bacicia si richiuse alle spalle di Marruggiu quando erano già calate le ombre della sera e il povero carabiniere s'incamminò a testa bassa verso il suo alloggio, rimuginando sulla catastrofica situazione emotiva che oramai lo affliggeva sempre più, compromettendo seriamente perfino il suo mestiere.

Le vie del paesello erano deserte come sempre.

Giunse alla biforcazione, ormai ben conosciuta, che conduceva al cortile e fu quasi tentato d'imboccarla per raggiungere il carrubo, ma resistette e tirò dritto, ma poco dopo si fermò, stringendo con forza i pugni chinò il capo e, dopo aver gettato una furtiva occhiata in giro, ritornò rapidamente indietro sui suoi passi, corse all'impazzata fino al carrubo e s'appostò sul ramo che offriva la perfetta prospettiva rispetto al balcone della camera da letto.

Il bagliore della luna piena attraversava il fogliame fittissimo illuminando il bianco degli occhi del Maggiore, assimilandoli a quelli d'un lupo della steppa durante la caccia notturna.

Gli eleganti lumi di casa Bacicia rendevano visibile ogni dettaglio della camera dell'ormai solitaria signora che, come di consueto, aveva lasciato il finestrone spalancato per non patire troppo lo scirocco di quelle torride latitudini.

Da quel ramo, Marruggiu attese che la signora lasciasse la sala da bagno e facesse capolino mostrando le sue paradisiache nudità.

E se ne stava appollaiato su quel ramo, proprio come un lupo accovacciato tra la steppica vegetazione, pronto a scattare per soddisfare la sua fame, più rapido di un fulmine, sulla preda desiderata.

La moglie del defunto commendatore sbucò finalmente nella sua camera da letto, indossando un accappatoio di spugna di colore turchese e un paio di pantofole coi ponpon bianchi.

I capelli, ancora bagnati, erano legati in un *tuppo* che, tirando all'indietro la pelle del viso, ne esaltava la bellezza dei lineamenti pur senza un velo di cipria sul volto.

Liberatasi dell'accappatoio, la signora sollevò una gamba, appoggiò il piede sul materasso del letto e, intinte le dita all'interno di un barattolino, prese a spalmarsi una crema francese sui polpacci, sulle cosce, sulle natiche.

Marruggiu non stava più nella pelle e, come stregato, rimaneva con gli occhi incollati su quella meraviglia della natura.

Mentre la signora era passata a spalmare la crema sul seno, il Maggiore notò che non bastavano entrambe le mani a sorreggere una sola *minna* per via delle dimensioni esagerate, ma il culmine dell'eccitazione lo raggiunse quando la bella vedova, posato sul canterano il barattolo di crema, s'accomodò su una poltroncina e, a gambe divaricate, prese a spazzolarsi delicatamente i peli del pube.

Dall'alto del ramo, raggiunse l'orgasmo eiaculando così abbondantemente come non gli era mai capitato nel corso della sua vita. Quindi si ricompose e lentamente indietreggiò fino a raggiungere il tronco per accingersi a ridiscendere allorquando la signora sarebbe sparita dalla sua vista dopo aver spento i lumi prima di mettersi a letto.

Quel cinema all'aperto assumeva i contorni disinibitori del sogno e il vecchio carabiniere si ritrovò a pensare che forse avrebbe fatto meglio a bussare al portone di casa Bacìcia perché, probabilmente, anche la signora non stava attendendo altro che un incontro galante con lui, ma rigettò immediatamente l'idea per la scomoda e indiscreta presenza della governante all'interno di quella dimora.

Nel bel mezzo di quei pensieri, mentre era cavalcioni sul ramo con la schiena appoggiata al tronco, nel tentativo di liberarsi dal prurito causato dalle formiche che si erano intrufolate al di sotto del pantalone, prese a grattarsi un polpaccio col tacco di una scarpa, badando a rimanere ben ancorato al ramo con entrambe le mani e a non perdere un solo fotogramma dello spettacolo proveniente dal finestrone della camera da letto.

«E chi si muove più da qui...» pensò, «posso prolungare la durata delle indagini fino alla fine dell'estate e godermi queste visioni fino a quando i finestroni non torneranno a chiudersi con l'approssimarsi della stagione fredda».

Gli occhi piantati su quella donna fantastica che continuava ad offrirsi in tutta la sua prorompente bellezza, il cuore palpitante, la mano nuovamente alla ricerca del piacere sessuale, il Maggiore sarebbe rimasto appollaiato su quel ramo per l'eternità se non ci fossero state quelle maledette formiche ad infastidirlo e, proprio a causa di quel frenetico strofinio di piedi e talloni, una scarpa scivolò giù, cadendo al suolo con un tonfo sordo e improvviso.

La signora ne percepì la direzione e, recuperato in tutta fretta l'accappatoio, si precipitò sul balcone piantando lo sguardo in direzione del carrubo.

«Che ci fai qui, disgraziato?» disse nervosamente a denti stretti la signora, con un tono di voce a metà tra un urlo soffocato e un bisbiglio violento, «*Vattinni* disgraziato! *Sugnu a luttu*... non tornare prima di due mesi almeno, disgraziato. Hai capito Filuferru? *Vattinni...vattinni*».

Il Maggiore trasalì.

«Dunque lei sa!» pensò, «Lei è dunque consapevole di essere osservata dal fabbro? Com'è possibile? Che diavoleria è mai questa?» si chiese mentre, col cuore in gola e mezzo terrorizzato, scivolava silenziosamente giù lungo il tronco.

«*Sugnu a luttu*, delinquente. *Vattinni* Filuferru, *vattinni*» insistette la vedova.

A quel punto Marruggiu non trovò migliore soluzione che darsi alla fuga, nonostante il selciato fosse cosparso dal fogliame secco che, inevitabilmente, palesò la sua presenza con uno scalpiccio rapido e sfuggevole.

«Crederà comunque che si tratti del fabbro» pensò, «devo sparire in fretta!».

E così, in un battibaleno, protetto dall'oscurità della notte, raggiunse l'ufficio nel tubercolosario e si lasciò cadere sulla sedia dietro alla scrivania, appoggiando la testa al muro retrostante per recuperare il fiato dopo l'affannosa corsa.

In quella posizione rimase per tutta la santa notte, senza riuscire a chiudere occhio, in uno stato di alienazione quasi allucinata che gli ultimi avvenimenti avevano amplificato a dismisura.

Non sapeva più che pesci pigliare.

A tratti gli veniva da piangere e poco dopo, invece, si lasciava andare a una risata isterica.

Quel caso si stava ingarbugliando troppo, in un groviglio di circostanze sempre più misteriose e incomprensibili.

Il fatto che la vedova fosse al corrente d'essere spiata era l'ultima cosa che l'investigatore avrebbe mai pensato di dover appurare, ma essendone venuto a conoscenza non poteva certo trascurare quel dettaglio.

«Non posso di certo recarmi dalla vedova per chiedere spiegazioni» pensò, «posso soltanto interrogare Filuferru che, in virtù della complicità che ormai ci lega, non mi negherà l'aiuto che m'aspetto di ricevere da lui».

Il voltar del vento, che aveva preso a soffiare da tramontana abbandonando finalmente la provenienza da sud, produceva adesso una brezza leggerissima che, insinuandosi silenziosamente dalla finestra aperta, rendeva sollievo alla pelle e al viso del Maggiore, ancora sudato per la fuga a gambe levate.

Sospirò quindi e, nel frastuono assordante dei suoi pensieri, rimase fermo e muto ad attendere il sempre gradito sonno fino al sorgere del nuovo sole.

12

Alle otto del mattino il brigadiere varcò la soglia del tubercolosario e, notato il volto stralunato del suo superiore, per mero spirito provocatorio, esordì sardonicamente: «Buongiorno signor Maggiore. Altro che pioggia e centopiedi... un'altra giornata d'inferno ci aspetta!».

Marruggiu non rispose; si stiracchiò allungando le braccia verso l'alto coi pugni serrati come a voler rinvigorire, o forse testare, quelle forze che, in realtà, parevano averlo abbandonato del tutto.

Ripensò ai rilievi investigativi che aveva intessuto nel corso dei giorni trascorsi a Rocca Capelvenere, analizzò i dettagli emersi durante gli interrogatori che aveva condotto, considerò i risultati dell'ispezione nella casa abbandonata dalla porta verde.

Il brigadiere, dopo i caratteristici movimenti inconsulti con gli indici a tapparsi le orecchie quattro o cinque volte, aveva preso poi a picchettare con le dita sui tasti della macchina da scrivere per ricopiare fogli, intestare buste, preparare documenti da inviare ai responsabili della caserma del capoluogo, secondo quanto gli era stato comandato il giorno prima dallo stesso Marruggiu, il quale, passatesi entrambe le mani sui capelli grigi per lisciarli, strinse il nodo della cravatta e, dopo aver sbattuto la mano destra sulla scrivania, esclamò: «Mettiamoci al lavoro! Mi sto recando presso l'officina del fabbro; lei continui tranquillamente il suo lavoro. E pioverà, mio caro brigadiere, vedrà se pioverà!».

Quello inarcò le sopracciglia e continuò a trastullare la macchina da scrivere come se nulla fosse stato.

Marruggiu s'alzò in piedi, ma ebbe un mancamento e tornò immediatamente col culo sulla sedia in preda a un terrore mai provato prima.

«La scarpa, santi numi! La mia scarpa...» pensò sgranando gli occhi.

Il Maggiore piombò nello sconforto perché non riusciva a capacitarsi di come avesse potuto percorrere l'intero tragitto dal carrubo al tubercolosario senza accorgersi di una simile mancanza.

Respirò profondamente per tranquillizzarsi, quindi si ricompose nella postura ritraendo entrambi i piedi al di sotto della sedia e, mostrandosi disinvolto e deciso come sempre, disse: «Ci ho ripensato, brigadiere. Vada lei dal fabbro e lo inviti a presentarsi presso questo ufficio per le undici in punto. Dopo si conceda una bella pausa, vada al bar, faccia qualunque cosa, ma non rientri prima di quell'ora».

Il brigadiere non comprese affatto quell'ordine, ma essendo abituato ad obbedire, s'alzò, guardò l'orologio, prese il cappello e uscì con aria strafottente.

Marruggiu si recò di scatto alla finestra e quando vide il suo subalterno sparire dietro l'angolo, si precipitò alla camionetta parcheggiata pochi metri distante, prese dal bagagliaio un paio di stivali, li indossò e, rapidamente, si recò ai piedi del carrubo seguendo la consueta rete di vicoli, ronchi e stradicciole, muri a secco e cancelletti serrati.

«È sparita!» constatò rimanendo imbambolato con le mani ai fianchi e la testa bassa, «Qualcuno è stato qui e ha portato via la mia scarpa, ma come faccio a sapere chi frequenta questo luogo a parte Filuferru? E perché mai sottrarre la scarpa se non per ricattarmi? Questo è proprio un gran bel guaio. L'assassino, per esempio, potrebbe commettere un altro omicidio e posizionare la mia scarpa sul luogo del delitto, indirizzando su di me una montagna di accuse dalle quali mi riuscirebbe impossibile discolparmi».

Afflitto, arrabbiato e deluso con se stesso fece ritorno al tubercolosario, dove attese il rientro del brigadiere radendosi la barba.

Fu in quel frangente che, come è accaduto almeno una volta nella vita di ciascuno, una mutata condizione della silenziosità dell'ambiente attivò la sua percezione acustica senza tuttavia lasciargli comprendere cosa stesse avvenendo, se non parecchi istanti dopo, quando anche il cervello riconobbe, quasi in un lampo di meraviglia, quel rumoreggiare strano.

«Piove!» esclamò correndo alla finestra, «Piove!» ripeté a voce alta ridendo e saltellando come se avesse vinto il vitellino messo in palio alla lotteria della festa del santo patrono.

Col fazzoletto di lino s'asciugò il viso ripulendolo dagli ultimi residui di crema da barba e rimase poi a guardare fuori dalla finestra il mutato paesaggio che, sotto l'improvviso imperversar del temporale, gli apparve meravigliosamente diverso dal solito.

Sottilissimi rivoli trasparenti colavano giù dalle tegole dei tetti delle case come lunghi capelli d'argento, alimentando enormi pozzanghere battute da una miriade di cerchi concentrici, mentre al suolo le bolle si gonfiavano scoppiettando repentinamente e, al margine della via, un minuscolo ruscello scorreva prepotentemente verso valle sollevandosi all'incontro con qualche sasso, producendo mille schizzi e susseguenti minuscole rapide e cascatelle che procuravano agli occhi un infantile senso di leggerezza, una nostalgica rimembranza di gioia e di libertà.

Marruggiu trascinò una sedia fino all'uscio, spalancò la porta e si sedette a braccia conserte. Quindi allungò le gambe, incrociò i piedi e rimase a fissare quegli stivali che, a quel punto, trovavano la reale motivazione d'essere stati calzati senza le necessarie giustificazioni che, da lì a poco, le inopportune domande del brigadiere avrebbero altrimenti preteso.

Quella pioggia rese al Maggiore la giusta iniezione di autostima di cui aveva tanto bisogno e riaccese in lui l'orgoglio dei vecchi tempi con una ritrovata consapevolezza d'avere spesso ragione.

Si sentì rinvigorito e pronto ad affrontare l'imminente faccia a faccia con colui che gli avrebbe consentito, entro poche ore, di giungere all'archiviazione di quel caso tanto complicato.

13

A metà mattina il brigadiere varcò di gran carriera la soglia dello stanzone scansando il Maggiore che stazionava ancora sulla sedia e, senza dir nulla, cominciò a togliersi di dosso gli abiti inzuppati, rimanendo muto, accigliato e col muso lungo, com'è tipico di coloro che non riescono ad accettare la ragione altrui e vivono la perdita di una banale scommessa come una tragedia familiare piuttosto che apprezzare il dovuto arricchimento dell'incolmabile bagaglio delle esperienze personali.

Indossata la divisa asciutta, prese poi a posizionare pentolini e contenitori vari, raccattati qua e là, al di sotto della *stizzània*[22] che, infiltrandosi attraverso le tegole del tetto, colava giù dal soffitto da numerosi punti.

Poco dopo, Filuferru irruppe all'interno del tubercolosario con la medesima rapidità del brigadiere e, sbattendo con forza i piedi sul pavimento per scrollare dagli scarponi acqua e fango, lasciò andare dapprima una bestemmia e poi proferì la storica domanda che, *"saecula saeculorum"*,

---

[22] Gocciolio lento e continuo.

continuerà a rimanere priva di plausibile risposta: «*E unni minchia era misa tutta st'acqua?*».

Marruggiu chiuse la porta, afferrò la sedia dalla spalliera e la trascinò fino alla sua scrivania lasciando che i piedi di legno stridessero sul pavimento saltellando, di tanto in tanto, sul dislivello di qualche mattonella fuori squadra.

Prese posto alla scrivania, fece cenno al fabbro di accomodarsi di fronte a lui e, con uno schiocco di dita, indicò al brigadiere la macchina da scrivere, invitandolo con un cenno della testa a iniziare la battitura.

«Il giorno eccetera eccetera, alle ore eccetera...» incominciò Marruggiu e, dopo una breve interruzione, si chinò confidenzialmente in avanti e disse: «La vedova sa di essere spiata da te, amico mio; mi sentivo in dovere di dirtelo».

«*'U segretu i Pulicinedda!*» esclamò quello *arriminando*[23] una mano con disinteresse.

«Che cosa?» urlò il maggiore con gli occhi spiritati, «Lei sapeva e tu sapevi che lei sapeva?».

«Posso parlare liberamente?» chiese il fabbro.

«Certamente» rispose il Maggiore lanciando un'occhiata al brigadiere affinché trascrivesse ogni singola parola.

«Appena un mese dopo il matrimonio la signora dovette constatare che il commendatore non provava alcuna attrazione nei suoi riguardi a causa dei gusti sessuali di altra

---

[23] Arriminando: roteando.

natura... sì, in poche parole al commendatore non piace-
vano le donne. S'era sposato soltanto per avere un solido
alibi per celare i suoi reali orientamenti sessuali. A lui pia-
cevano i *masculi* e si recava frequentemente nel capoluogo
alla ricerca di qualche uomo con cui giacere nell'intimità»
disse Filuferru lasciando il Maggiore con un palmo di naso.

«Che mi prenda un accidente...» esclamò Marruggiu grat-
tandosi la testa.

Poi, dopo un attimo di silenzio, Filuferru continuò: «La
bella signora, sin da quando aveva abbandonato la campagna per abitare in quella nobiliare dimora, era inevitabilmente diventata l'oggetto del desiderio dei tre mafiosi locali che commissionavano i loro loschi affari al marito ingenuo e boccalone. Questi non soltanto non disdegnava
affatto i corteggiamenti e gli ammiccamenti rivolti da
quegli spietati figuri alla sua dolce consorte ogni qual volta si trovavano a transitare per quelle stanze, ma addirittura malmenava la poveretta che, inizialmente, rifiutava
qualsiasi dono, qualsiasi proposta, qualsiasi mazzo di fio-
ri. A furia di botte la obbligò ad essere compiacente e a
concedersi a quei porci ogni qual volta avessero desiderato, in modo da potere ottenere sempre più commissioni lavorative. I tre mafiosi, quindi, cominciarono ad abusare di
lei avvicendandosi in turni ben organizzati e, com'è tipico
degli spacconi, presero a vantarsi di qua e di là finché, in
breve tempo, tutto il paese e mezza Sicilia venne a cono-

scenza delle particolari prestazioni offerte dalla signora che, inevitabilmente, si attirò addosso l'odio e la ripugnanza di tutte le donne del borgo. I tre mafiosi incrementarono i ritmi delle loro visite in casa Bacicia giocandosi a dadi il diritto di precedenza e, parecchie volte, si ritrovarono a giacere con la splendida donna tutti e tre insieme, consumando orge indescrivibili. L'allora giovane moglie del Commendatore pensò perfino di fuggire per fare ritorno alla casa dei genitori, ma non trovò mai il coraggio per compiere un passo così arduo e tanto difficile da spiegare a chiunque non si fosse mai trovato nelle medesime condizioni di sofferenza, minaccia, violenza».

«Io non riesco a crederci» mormorò Marruggiu tornando ad appoggiarsi allo schienale della sedia.

Pur avendo iniziato quell'interrogatorio con estrema convinzione, si perse nuovamente nell'ormai consueto stato confusionale, ma dopo qualche attimo di smarrimento cercò di rimettersi sui binari che la sua professione imponeva e continuò il suo interrogatorio.

«Non capisco però quella strana circostanza del carrubo. Per quale motivo la signora è a conoscenza della tua abitudine di spiarla?» domandò Marruggiu con profonda aria indagatoria.

«Era estate e, in qualità di lavoratore della tenuta Bacicia, ero stato incaricato della raccolta delle carrube. Mi ero arrampicato in alto quando mi accorsi della presenza della signora e… il resto è storia nota».

«Niente affatto!» incalzò Marruggiu, «La tua presenza sul carrubo riesco a comprenderla, ma non mi è chiaro il motivo della strana consapevolezza della vedova al riguardo».

«Quel giorno, quando vidi tutto quel ben di dio, non riuscii a trattenermi e incominciai a masturbarmi sebbene non fossi del tutto celato dal fogliame, tanto è vero che la signora si accorse della mia presenza e... di scatto tentò di coprire con le mani le sue nudità, ma subito dopo finse di non avermi visto e continuò quella strana esibizione come se nulla fosse. Lo stato di frustrazione e la sofferenza emotiva in cui versava la povera signora trovarono in quella bizzarra novità una salvifica alternativa alle violenze fisiche e psicologiche che era costretta a patire. Scoprì infatti che quelle esibizioni le procuravano un enorme piacere e così, giorno dopo giorno, divenne un'insaziabile esibizionista, sbirciando, a sua volta, le mie accanite masturbazioni e godendo come un'ossessa. Poi, come tutti gli uomini del mondo, non mi riuscì di mantenere a lungo il segreto e, durante una bevuta in osteria, spifferai il mio segreto ad un compare. In men che non si dica tutto il paese venne a conoscenza delle attitudini perverse della signora che, con gran piacere personale, riusciva a donare le sue grazie anche tre o quattro volte al giorno da tutte le finestre della sua casa. Ogni abitante del paese aveva il suo luogo di appostamento, il suo giorno della settimana, il suo orario prestabilito, il suo segnale di riconoscimento per palesare la sua presenza; chi il verso della civetta, chi l'abbaio di un cane...».

Il Maggiore interruppe il racconto del fabbro con un po' di imbarazzo e domandò: «Come fai tu a sapere un così grande numero di dettagli inerenti a questa vicenda?».

«Me li confidò proprio la vedova» rispose il fabbro.

«In che circostanza? Perché mai avrebbe dovuto riferire simili notizie proprio a te?» replicò il Maggiore.

«Perché... perché gli servivo. Perché aveva bisogno di me per un certo lavoretto» disse Filuferru.

Il Maggiore respirò profondamente e poi, dopo aver gettato lo sguardo verso il brigadiere doviziosamente intento nella battitura del verbale, domandò: «Dettagliatamente in che cosa consistettero i servigi da te prestati alla vedova del Commendator Bacicia?».

Il fabbro, che nel frattempo aveva acceso una sigaretta, dopo aver stirato le gambe in avanti, rispose: «La bella moglie del Commendatore, inizialmente, soffriva maledettamente le imposizioni dettate dal marito e provava grande vergogna ogni qual volta i tre mafiosi del luogo si approfittavano di lei, ma obbediva senza fiatare per l'immane senso di paura che le incuteva il suo carceriere. Era afflitta da un sentimento di ribrezzo nei confronti di quel marito che, come in preda a una folle estasi, rideva come un ossesso in un angolino della camera durante quegli amplessi coatti. A lungo andare, però, quei rapporti sessuali, uniti a un potente desiderio di vendetta, finirono col soddisfare la sessualità repressa della bella signora che, giorno dopo giorno, iniziò a provare ella stessa piacere durante quegli incontri e si ritrovò a raggiungere orgasmi fantastici, diventando infine un'insaziabile ninfomane. Decise quindi di sfruttare a proprio vantaggio personale la professione del marito e, unendo l'utile al dilettevole, iniziò ad accumulare un tesoretto accantonando regalie e doni ricevuti dai clienti del commendatore. Così, per incrementare l'afflusso di clienti e arricchirsi ulteriormente, la signora pensò a un particolare stratagemma. Decise di far tappezzare lo studio del marito con una gran quantità di specchi che, posizionati con estrema cura e direzionati con la giusta angolazione, avrebbero permesso agli ospiti di osservare, dalle proprie poltrone, l'anticamera presso cui ella si sarebbe esibita in eccitanti pose erotiche. Il commendatore rimase totalmente indifferente ai cambiamenti nell'arredamento e non fu mai consapevole della libidine degli ospiti del suo studio che, con le bocche sbavanti, potevano godere delle forme della bella signora proprio davanti agli occhi dell'ignaro marito. La bella signora aveva avuto proprio una grande idea intuendo che, grazie a un celere passaparola, si sarebbe raddoppiata o forse decuplicata la clientela di quello studio, sulle cui poltrone, man mano che la voce della sala erotica degli specchi fosse circolata in giro, si sarebbero alternati continuamente notai, avvocati, segretari e tutti coloro che avessero desiderato soddisfare il piacere di assistere a quello spettacolo erotico, pur pagando parcelle molto salate e senza esimersi dal presentarsi al cospetto della signora senza un gioiello, un collier, un dono di valore. La vedova aveva deciso di arricchirsi a dismisura e, in effetti, ci riuscì».

«Ho capito,» lo interruppe Marruggiu, «ma come fai a sapere tutte queste cose?».

Filuferru tirò una potente boccata dalla sua nazionale senza filtro e, senza denotare alcun imbarazzo di fronte a quella domanda, rispose: «Al tempo in cui la moglie del Commendatore si trasferì a Rocca Capelvenere, io e Melina, la governante di casa Bacicia, avevamo una relazione segreta…e lei, ovviamente, mi raccontava ogni cosa, ogni particolare, ogni dettaglio».

«E perché mai questa relazione segreta non si concretizzò in una storia ufficiale?» domandò il Maggiore.

«Perché Melina era già stata promessa in sposa ad un altro uomo» rispose il fabbro.

«Capisco! E questa relazione segreta, diciamo pure questa storia d'amore… continua ancora oggi?».

«Nossignore. Terminò quando Melina scoprì i miei appostamenti sul carrubo. Ci rimase malissimo; si sentì tradita nell'onore e non volle più guardarmi in faccia. Tentai di spiegarle che un uomo giovane cade facilmente in tentazione, ma lei mi rifiutò una volta per tutte. Il nostro amore si tramutò in amicizia… poi gli anni passarono, siamo diventati quasi vecchi ed eccoci qua».

«Capisco…» sussurrò Marruggiu.

«Nonostante il litigio con Melina, rimase tra noi due un profondo sentimento di rispetto e stima, così quando fu necessario rivolgersi a qualcuno di fiducia per creare la sala degli specchi, proprio su indicazione di Melina la signora si rivolse a me» concluse Filuferru.

14

Il temporale era giunto al termine e le nuvole, che senza preavviso avevano oscurato il cielo con il loro incedere tumultuoso, già cedevano il passo al sole tornato ad affacciarsi sulla quieta valle di Rocca Capelvenere, adornandola d'un arcobaleno che pareva dipinto dalla mano d'un pittore.

Il borgo ritrovava pian piano il consueto rumoreggiar delle botteghe coperto a malapena dal cinguettio dei passeri sui pini e dalla caciara dei *picciriddi* che, sbucando dagli usci con titubante incertezza, si univano a frotte per saltellare gioiosamente in mezzo alle pozzanghere.

Il Maggiore s'alzò e raggiunse la finestra, ove rimase con le mani dietro la schiena per pochi istanti, poi si voltò in direzione del brigadiere che, ancora una volta, gli parve colpito dalle consuete allucinazioni.

Se ne stava, infatti, seduto alla sua postazione con gli indici infilati nelle orecchie e, di tanto in tanto, faceva la prova a toglierli per verificare se il fantomatico rumoreggiare dei tasti della macchina da scrivere fosse finalmente cessato. Dopo qualche istante però tornava a tapparsi le orecchie digrignando i denti per la rabbia, segno che il suo cervello percepiva ancora quel deleterio effetto acustico.

Il Maggiore comprese che quel ragazzotto di provincia fosse oramai afflitto da una qualche sindrome psicotica e pensò che, per il suo bene, sarebbe stato meglio adibirlo ad altro incarico al termine di quell'indagine. Era necessaria una qualunque altra mansione che lo tenesse lontano da quell'infernale macchina da scrivere che gli stava distruggendo il sistema nervoso.

Impietosito per la sorte di quel ragazzo, il Maggiore diede una manata sulla spalla del brigadiere per attirare la sua attenzione e paternamente disse: «Ha smesso di piovere. Tra poco potremo mettere via tutti questi recipienti. Non sente che bel concerto producono le ultime gocce d'acqua che vengono giù dal soffitto?».

Il brigadiere si guardò intorno e, finalmente, compresa l'origine del frenetico ticchettio che lo aveva assillato fino a quel momento, si sentì rinfrancato.

«Chissà in quali dimensioni ha viaggiato la sua mente fino a questo momento,» pensò il Maggiore, «bisogna fare qualcosa al più presto per questo povero ragazzo. Non appena concluderò questo caso mi dedicherò anche ai suoi studi dandogli una mano per superare agevolmente il concorso».

Filuferru se ne rimaneva seduto comodamente al suo posto con le gambe accavallate, dondolando la destra con tranquilla disinvoltura.

106

Marruggiu riprese posto sulla sua sedia e pregò il fabbro di continuare la sua narrazione.

Filuferru incominciò a parlare e il brigadiere a martellare sui tasti con impressionante velocità.

Il racconto del fabbro fu nitido e chiarificatore.

La vedova ormai detestava il suo consorte e, per lo spirito di vendetta che le bruciava in seno, non perdeva occasione per saziare la sua ninfomania esibendosi nuda attraverso le finestre in favore di tutti i paesani *masculi* di quell'ameno borgo. Inoltre desiderava arricchirsi con le regalie che tutti i clienti del commendatore erano soliti elargire dopo la firma di ogni protocollo. Convocò quindi il fabbro presso la sua abitazione affinché realizzasse dei marchingegni che le consentissero di direzionare gli specchi a suo piacimento, al fine di porre gli ospiti dello studio di casa Bacicia in condizione di poterla ammirare in qualsiasi momento, impedendo al contempo qualsiasi possibilità di visuale dalla poltrona del marito carnefice e cornuto.

Così, tutti i giorni per quasi un mese di fila, il fabbro si recò presso quell'abitazione e realizzò dei meccanismi con un reticolato di fili metallici, molle, leve e ingranaggi incassati alle pareti per non essere visibili.

La padrona di casa, tirando un dato libro dallo scaffale poteva quindi movimentare di pochi centimetri lo specchio grande sulla parete centrale puntandolo verso di lei; ruotando un pesante posacenere di cristallo muoveva lo specchio rettangolare posto al di sotto dell'architrave... e poi ancora un'altra decina di meccanismi che, opportunamente manovrati, puntavano gli specchi sulle grazie della protagonista di quelle sensualissime esibizioni.

Terminato il lavoro del fabbro, la signora diede inizio all'ascesa professionale del Commendatore. Lui prendeva posto alla sua poltrona dello studio, i suoi ospiti nelle poltroncine di fronte, la signora, sempre elegantemente vestita, al momento opportuno si recava nell'anticamera, muoveva gli specchi, si assicurava che gli occhi attoniti dei clienti si posassero su di lei e finalmente si lasciava andare a spogliarelli sensualissimi, pose provocanti, movenze eccitantissime, inebetendo gli spettatori mentre lei, al culmine della lussuria, raggiungeva il piacere libertino e furente dell'orgasmo.

Il Maggiore aveva ascoltato a bocca aperta quel racconto, con un interesse che ormai volgeva in due direzioni diametralmente opposte, sia verso il soddisfacimento della curiosità personale sia verso l'ottemperamento del dovere professionale.

Proprio spinto dalla curiosità Marruggiu domandò: «Dimmi, amico mio, a parte il soddisfacimento corporale raggiunto autonomamente, la signora non ebbe mai rapporti sessuali completi con qualche uomo del paese? Intendo dire... molti la spiavano durante le sue esibizioni, possibile che mai nessuno abbia tentato di approcciarla personalmente?».

«Giusta la domanda,» rispose Filuferru, «ma la risposta è che gli uomini del paese consideravano quella donna assolutamente inarrivabile. Pur essendo di estrazione sociale umilissima, la signora aveva subito assunto il portamento, l'atteggiamento, i modi tipici dei nobili e bastava un suo sguardo per fulminare con l'albagia eventuali spasimanti che, in giro per strada, le si fossero avvicinati oltre il limite consentito».

Filuferru aveva terminato la sigaretta, Marruggiu stava colmando la sua sete di notizie, il brigadiere manteneva gli occhi ipnoticamente incollati alla tastiera con un ghigno spettrale stampato in faccia dovuto al tambureggiare continuo all'interno del suo povero cervello.

Marruggiu annuì soddisfatto. Poi respirò profondamente, s'alzò e raggiunse il brigadiere con l'intento di concedergli il meritato riposo.

«Per oggi abbiamo terminato, brigadiere!» esclamò il Maggiore con aria soddisfatta.

Quello, ricevuto l'ordine di staccare finalmente le dita dalla macchina da scrivere, s'incamminò allegramente lungo la via principale in direzione del bar, calpestando un selciato ancora viscido per il precedente acquazzone.

La magia di vita contenuta nell'acqua aveva amplificato tutti gli odori provenienti dalla campagna circostante, tra i quali spiccava un piacevolissimo aroma d'origano che il brigadiere inalò di buon grado respirando a pieni polmoni con gli occhi socchiusi.

Rimasti da soli nello stanzone in penombra, il Maggiore riprese la discussione rivolgendosi al fabbro col massimo della franchezza.

«Quella donna è diventata un'ossessione per me, amico mio» sospirò il Maggiore.

«U sacciu, u sacciu» rispose Filuferru.

«Quindi… la signora sa che gli uomini la osservano e gode di questa situazione…».

«Sissignore».

«Ma siamo proprio sicuri che nessuno mai abbia tentato di avvicinarla per cercare di conquistarla? Per possederla fisicamente?».

«Nossignore. Ci accontentiamo di guardarla».

Il pomeriggio trascorse in fretta finché, sul palco dell'amena vallata di Rocca Capelvenere, la sera si trascinò appresso, lentamente, il sipario dai colori oscuri, mentre la compagnia teatrale delle anime cambiava i costumi di scena a preludio dell'ultimo atto della commedia quotidiana: la notte fonda.

15

I bicchieri furono colmati più volte, attingendo da un fiasco ch'era ormai agli sgoccioli.

Marruggiu e Filuferru si ritrovarono brilli e rubicondi, con le palpebre socchiuse, le parole sbiascicanti dalle bocche, i sonori singhiozzi e i sorrisi improvvisi a sopracciglia inarcate per la meraviglia delle reciproche affermazioni inerenti alla sessualità estroversa di quella bellissima donna.

La *minata* sul carrubo, del resto, aveva stretto i due uomini in un legame indissolubile di amicizia e complicità.

«L'unica cosa che non mi quadra, amico mio, è l'identità dell'amante della vedova» disse Marruggiu buttando giù un paio di sorsi di vino.

«Persona insospettabile è!» ribatté Filuferru con una gran risata.

«Toglimi questo dubbio atroce, per favore» incalzò il Maggiore che ormai non stava più nella pelle per la gran curiosità.

«È una confidenza che deve rimanere segreta».

«Ne sei venuto a conoscenza tramite Melina?».

«Ovviamente sì, e la cosa non deve uscire al di fuori di questa stanza».

«Hai la mia parola d'onore» disse Marruggiu baciandosi due dita da entrambi i lati.

«Devi sapere, amico mio, che dopo la scomparsa di Alfiu *u giardineri*, essendo rimasta senza un uomo in grado di soddisfare le sue esigenti voglie sessuali, la signora si dedicò con maggior frequenza alle sue esibizioni che tanta soddisfazione corporale le procuravano e in un qualunque pomeriggio d'estate, mentre si preparava ad uno di quegli eccitanti appuntamenti lasciando scivolare la spazzola sui capelli al tiepido sole che filtrava dalla finestra, udì uno scalpiccio di passi dirigersi proprio al di sotto del suo balconcino. Lei sapeva bene che, all'imbrunire, l'uomo di turno si sarebbe appostato sul carrubo per masturbarsi, e obiettivamente non vedeva l'ora di potersi mostrare nuda e raggiungere a sua volta l'orgasmo in quell'affascinante gioco erotico, ma l'orario non le sembrò adeguato e non comprese chi potesse essersi acquattato lì vicino così di soppiatto. Silenziosamente si sporse oltre la ringhiera del balconcino e quello che vide la lasciò letteralmente a bocca aperta per lo stupore. Era successo che il piccolo Cicciuzzu, il chierichetto, mentre stava lavorando nelle stalle della tenuta Bacicia, sentendo l'impellente bisogno di pisciare corse fino al muro opposto dove, tra una pianta di agave e un folto groviglio di edera, si mise a fare pipì credendo di essere al riparo dalla vista altrui.

Quando dall'alto del suo balconcino la signora vide Cicciuzzu spalancò gli occhi e, con rapido calcolo aritmetico, immaginò la probabile dimensione che quell'enorme membro maschile avrebbe potuto raggiungere passando dalla posizione di riposo a quella di erezione. *U picciriddu*, risollevato per lo svuotamento della vescica, stava per tornarsene alle stalle, ma quella lo fermò: «*Attìa picciriddu, nunn'hai arucazioni?* Fai il giro e fatti accompagnare da Melina qui da me chè devo dirti una cosa».[24]

Quello, *mischineddu*, si voltò e alzò lo sguardo verso l'alto, poi chinò il capo e si diresse muto e mesto verso il portone principale.

Fu accompagnato al piano superiore da Melina che, ricevuto dalla padrona l'ordine di vigilare sul ritorno in casa del commendatore, richiuse la porta della camera e tornò al piano inferiore.

La padrona di casa tranquillizzò il ragazzino con qualche carezza sulla testa promettendogli un bel regalo se avesse saputo mantenere un segreto. Cicciuzzu, che del sesso aveva già scoperto parecchio, non si fece affatto pregare».

Marruggiu ascoltava quel racconto con un'euforia indicibile e, in preda a un evidentissimo stato di ebbrezza, disse: «Che storia incredibile, compare. Vai avanti; continua!».

«Quella sera, caro amico mio, il fortunato spettatore di turno ero proprio io e ti lascio immaginare con che mera-

---

[24] Ehi tu bambino, sei senza educazione?

viglia mi ritrovai appollaiato sul carrubo di fronte a quelle immagini così diverse dal consueto. La signora era tutta nuda, accovacciata, con un ginocchio poggiato in terra e la pianta del piede dell'altra gamba ben piantato al pavimento. Teneva con tutte e due le mani la *minchia* di quel picciriddu che se ne rimaneva in piedi con gli occhi socchiusi, mentre la signora, con un movimento ritmato del collo, succhiava avidamente andando avanti e indietro con la bocca. Io quella sera ero così confuso da non riuscire nemmeno a concedermi la solita *minata* e rimasi ad osservare la moglie del commendatore che, staccata la bocca, accelerò il ritmo delle sue mani fino a quando, improvvisamente, quel *picciriddu* liberò la pioggia dell'orgasmo che, *sgricciando*[25] con inaudita violenza e abbondanza, si riversò sul viso della donna gocciolando poi su tutto il suo corpo. Soddisfatta come non mai, la padrona di casa s'alzò finalmente in piedi e indossò un accappatoio, Cicciuzzu fu congedato e la povera Melina fu costretta a ripulire il tappeto da qualsiasi traccia prima del ritorno del padrone di casa».

Marruggiu ritornò con la memoria alle scene da lui vissute in prima persona e soltanto allora comprese il frettoloso dinamismo con cui la domestica di casa Bacicia aveva provveduto alla pulizia di quel tappeto durante il suo vano appostamento sul carrubo di qualche giorno addietro.

---

[25] Spruzzando.

La discussione continuò e le risate dei due uomini, ormai ubriachi fradici, rimbombarono con eco prorompente per le vie del borgo solitario.

Poi le voci si attenuarono limitandosi a qualche bisbiglio ad occhi sgranati per la meraviglia, poi ancora qualche risata sommessa, poi sbadigli di sonnolenza e infine silenzio.

16

Qualche bagliore dell'alba quasi muta s'insinuò attraverso i vetri della finestra proiettando sulle pareti le ombre deformi delle poche suppellettili presenti nello stanzone. Soltanto il canto forsennato dei passerotti aveva preceduto quel lento mutar di colori che, gradualmente, sovrastarono la flebile luminosità prodotta dalla miccia del lume ad olio.

Il Maggiore Marruggiu sbadigliò silenziosamente, lanciò un'occhiata al suo orologio da polso e, dopo aver constatato che Filuferru stesse ancora dormendo pesantemente, sgattaiolò all'aria aperta senza fare il minimo rumore.

La storia raccontata da Filuferru gli aveva aperto nuovi orizzonti investigativi, ma, per il momento, ciò che più gli premeva era il recupero della scarpa smarrita, giacché in quel minuscolo paese si stava indagando su un caso di omicidio e, perdipiù, con una miriade di complicazioni sui possibili moventi, complici e mandanti. Il Maggiore aveva ben compreso che la sua scarpa, adesso in mano a chissà chi, sarebbe potuta diventare elemento inquisitorio nei suoi confronti nel caso in cui ci si fosse trovati di fronte alla morte improvvisa di un testimone scomodo o di un complice poco fiduciario. Chiunque avesse sottratto quella scarpa stava certamente premeditando la costruzione di un'accusa inoppugnabile nei suoi confronti e Marruggiu non poteva certamente permettere che una persona dalla rettitudine esemplare, quale lui era sempre stato, potesse ritrovarsi, al termine di una carriera modello, esposto al pubblico ludibrio a causa di quelle adolescenziali tentazioni sessuali di cui era rimasto vittima da quando aveva messo piede in quel paesino.

«Al diavolo l'onestà», pensò mentre percorreva frettolosamente il corso desolato, «devo concludere questo caso ad ogni costo e senza rimanere vittima di chissà quale complotto. Molto probabilmente ciò che sto per fare invischierà in qualche torbida ragnatela un innocente al mio posto, ma come si suol dire... Aiutati, che Dio t'aiuta!» concluse aggrottando le sopracciglia con aria strafottente.

Lui e il brigadiere alloggiavano poco distante dal tubercolosario in una casetta di proprietà di una vecchina quasi novantenne che offriva alloggio a chiunque ne avesse necessità dietro pagamento di un modesto compenso in danaro. Al piano superiore c'erano le due camere da letto, mentre al pian terreno aveva residenza la vecchina che, all'ora del pranzo e della cena, lasciava a disposizione dei suoi ospiti il tavolo, due sedie, un *casciolo* del *cantaranu* con piatti e stoviglie. Al centro del tavolo una *pignata* con la pietanza del giorno e, accanto a questa, un fiaschetto di vino rosso e due bicchieri capovolti.

La vecchietta era sorda come una campana e così non risultò difficile a Marruggiu intrufolarsi in casa senza essere notato.

Si recò al piano superiore e, favorito dal sonno pesante del brigadiere, di soppiatto ma non senza preoccupazione, gli sottrasse la scarpa destra che giaceva, insieme con l'altra, ben allineata ai piedi del letto. Quindi ridiscese la rampa di scale e, frettolosamente, riprese la via e tornò al tubercolosario ove Filuferru ronfava ancora in balia dei fumi dell'alcol.

Il Maggiore si liberò silenziosamente degli stivali e indossò le scarpe di cuoio.

Più volte, durante i giorni di permanenza in quello stanzone, Marruggiu aveva visto quel ragazzo stirare le gambe e incrociare i piedi al di sotto della sua scrivania improvvisata e, pertanto, non gli era sfuggito che le misure sembravano essere coincidenti.

Non si era sbagliato infatti; quelle calzature erano perfette.

Filuferru si svegliò quasi di soprassalto ritrovando, dopo uno scossone, l'equilibrio che aveva avuto la sensazione di perdere, com'è tipico di chi s'addormenta su una sedia col culo sul pizzo della seduta, le gambe distese, le braccia conserte.

Le otto erano già passate da un quarto d'ora quando il fabbro guadagnò la strada di casa mentre il brigadiere, giocoforza, non si era ancora presentato sul posto di lavoro.

E come avrebbe potuto del resto? S'era perso nella ricerca della propria scarpa d'ordinanza finché non si vide costretto a prenderne in prestito un paio del defunto marito dell'anziana padrona di casa.

Finalmente, intorno alle nove e mezza, il brigadiere spalancò la porta e salutò il suo superiore con un brontolio di disappunto.

Marruggiu non rispose nemmeno e rimase a capo chino fingendo di scartabellare tutte le scartoffie poste sulla sua scrivania.

«La scarpa, signor Maggiore, incredibilmente mi hanno rubato una scarpa stanotte» esordì il brigadiere.

Marruggiu rispose senza sollevare gli occhi da quei fogli: «Chi diavolo avrebbe avuto la pessima idea di rubare una scarpa a un carabiniere in un paesino come questo? Nessuno potrebbe mai indossarla senza essere notato immediatamente. Saranno stati i topi piuttosto; si sa che vanno matti per il cuoio e, a quest'ora, staranno ancora banchettando all'interno delle loro tane».

Il brigadiere si lasciò persuadere immediatamente e, dopo aver fatto spallucce, prese posto alla scrivania senza tante preoccupazioni.

«Coraggio Brigadiere, oggi sarà l'ultimo giorno di permanenza nell'ameno paesino di Rocca Capelvenere. Questa sera completerò la relazione conclusiva da presentare ai miei superiori, così il caso potrà finalmente considerarsi chiuso!» esclamò Marruggiu con tono pacato.

E in effetti il maggiore aveva archiviato ormai tutti gli indizi di cui abbisognava, aveva memorizzato ogni singola parola degli interrogatori condotti, aveva effettuato i sopralluoghi necessari a confermare le proprie ipotesi.

A tal proposito, determinanti erano stati gli appostamenti e le perquisizioni all'interno della casa dalla porta verde, laddove periodicamente si recavano furtivamente la vedova del Commendatore, *u parrinu* Don Vincenzo e il chierichetto Cicciuzzu.

Proprio all'interno di quelle mura scalcinate, opportunamente appostato e celato alla vista, il Maggiore Marruggiu era riuscito a carpire, ascoltando di sottecchi i dialoghi tra la vedova e il parroco, i dettagli fondamentali per la soluzione del caso, riuscendo a tracciare il quadro quasi definitivo della misteriosa vicenda riguardante la misteriosa morte del Commendator Bacicia.

Ormai ogni tassello del mosaico era stato posizionato al proprio posto.

Rimaneva incompiuta soltanto la questione relativa all'identità della persona che aveva fornito l'aiuto fisico necessario al sollevamento del corpo del commendatore per il volo oltre il parapetto. La vedova infatti era troppo esile e Cicciuzzu, il piccolo chierichetto, era troppo *sdisiccatu* per avere la forza di compiere un'impresa del genere.

Marruggiu decise quindi di risalire all'identità di quel complice puntando esclusivamente sulla confessione della vedova che, subito dopo l'arresto, avrebbe certamente patito un profondo crollo emotivo.

Il caso era praticamente chiuso.

Per tutta la giornata, Maggiore e brigadiere rimasero segregati all'interno dello stanzone, ciascuno immerso nelle proprie attività lavorative.

Marruggiu rifornì più volte la sua stilografica con l'inchiostro di china durante la stesura del verbale che avrebbe presto dettato al brigadiere per la necessaria battitura a macchina.

Così, a lavoro completato, dopo aver gettato un'ultima occhiata sul malloppo di fogli che costituiva la cronistoria della vicenda, la dinamica dei fatti e i nomi degli indiziati da porre in stato di arresto, il Maggiore Marruggiu incominciò la dettatura.

«Giovanotto, possiamo incominciare!» esclamò.

Il brigadiere si fece scrocchiare tutte le ossa delle mani e prese a battere con tutte le dita sui tasti della macchina da scrivere con una velocità impressionante.

Pareva un pianista quel picciotto che, con un minimo movimento del collo, a volte dirigeva lo sguardo verso la bocca del Maggiore come a voler catturare le parole che ne venivano fuori leggendone il labiale, quasi fossero note musicali impresse su un pentagramma. Poi ritornava con gli occhi poco al di sopra del nastro rosso e nero, laddove vocali e consonanti venivano impresse dai martelletti e si succedevano in rapidissima sequenza sul foglio bianco.

Quel lieve movimento del collo andava all'unisono con la sinfonia di tic-tac e sembrava segnasse il tempo di una melodia di cui lui soltanto riusciva a bearsi, in un'estasi professionale che, in certi momenti, lo rendeva addirittura bello a vedersi.

Mentre lavorava, quel giovane carabiniere si credeva illuminato da un fascio di luce divina.

Quella macchina da scrivere era il suo pianoforte; le dita andavano a meraviglia e, di tanto in tanto, sollevava una mano a tempo di musica con i modi aggraziati tipici dei concertisti, sentendosi il protagonista assoluto di quella sinfonia di tasti.

A tratti batteva con una sola mano allorquando con l'altra si allentava il nodo della cravatta e pareva che di quella mano destra non abbisognasse affatto, tanto ritmato e frenetico era il movimento con cui la sinistra picchiava sulle lettere. Poi entrambe le mani ricadevano sui tasti di quel pianoforte immaginario lasciando librare nell'aria le angeliche note figlie della follia del proprio autore.

In quel momento il brigadiere non sembrava affatto un dattilografo qualunque, quanto piuttosto lo strumentista principale di un concerto di musica classica eseguito all'interno del più celebre teatro d'Italia stracolmo di pubblico in ogni ordine di posti.

Per l'ultima volta durante quella trasferta siciliana, il Maggiore osservò quel povero ragazzo durante lo svolgimento della sua umile mansione e ancora una volta ne provò compassione vedendolo estasiarsi durante lo svolgimento della trama della battitura, oppure meravigliarsi a bocca aperta, o annuire con convinzione dopo un imprevisto colpo di scena, il tutto col medesimo trasporto emozionale in cui s'immergeva Bach quando suonava ad occhi chiusi.

Completato il lavoro di battitura, il brigadiere staccò le mani dalla macchina da scrivere, ma continuò a essere martellato dal ticchettio più fastidioso che orecchio umano sia mai stato in grado di sopportare, rimanendo costretto a infilarsi gli indici nelle cavità delle orecchie o a coprirsi con i palmi delle mani gli interi padiglioni, strizzando gli occhi con forza fino a farli lacrimare, digrignando i denti con una smorfia che, il più delle volte, si trasformava in un pauroso ghigno di sofferenza.

Quel giorno il tempo volò via in fretta.

Dopo una nottata di sonno ristoratore, alle otto in punto del mattino seguente, mentre i *passareddi*[26] rompevano il silenzio della via con un cinguettio ininterrotto, la porta in legno del tubercolosario si richiuse per l'ultima volta con un sonoro schiocco, preceduto da un breve ma intenso cigolio dall'atmosfera quasi macabra.

---

[26] Passerotti.

17

Il brigadiere aveva terminato di caricare tutta
l'attrezzatura sulla camionetta, aveva controllato il livello
dell'olio del motore e, dopo aver richiuso il cofano, s'era
messo al volante, pronto a partire in direzione del capoluogo.
Il Maggiore prese posto sul sedile del passeggero e, col
gomito appoggiato sul montante della portiera, si godeva
il venticello fresco del mattino con gli occhi fissi sulla
campagna dorata che costeggiava la trazzera che, dopo un
paio di chilometri, avrebbe condotto i due carabinieri sulla
strada provinciale ben più lineare e, finalmente, asfaltata.
Le porte del paesino erano già alle loro spalle quando, in
prossimità di un querceto che circondava un casolare abbandonato, il brigadiere arrestò la vettura e, sbuffando, lasciò il sedile sedendosi cavalcioni sul muro a secco mezzo
sgangherato che costeggiava la trazzera.
«Ho un gran mal di pancia...» disse, poggiandosi entrambe le mani sul ventre e ripiegando il busto in avanti.
«Non abbiamo alcuna fretta» rispose il Maggiore scen-
dendo a sua volta dalla camionetta. Quindi, avvicinatosi al

ragazzo, gli mise una mano sulla fronte e continuò: «Non avete la febbre, ma siete sudato. Bevete un po' d'acqua».

«Raggiungiamo l'ombra, signor Maggiore. Cinque minuti e poi ripartiamo».

Scavalcarono il muro a secco e, giunti che furono nel mezzo di quel boschetto ombroso, la voce decisa del brigadiere interruppe il silenzio di quella breve camminata: «Non voltatevi, signor Maggiore. Rimanete immobile!».

Lo stridio metallico del repentino scatto di caricamento della pistola d'ordinanza del brigadiere aveva paralizzato il povero Marruggiu che, chinando il capo, tirò fuori le mani dalle tasche e rimase in assoluto silenzio.

«Consegnatemi la busta contenente il vostro verbale, signor Maggiore» ordinò il brigadiere.

Marruggiu la estrasse dal taschino della camicia e, senza voltarsi, la sollevò reggendola tra l'indice e il medio della mano destra.

«Che succede, figliolo? Conosci già il contenuto di questo verbale; te l'ho dettato integralmente ieri sera. Siamo carabinieri, figliolo, siamo uomini di legge e abbiamo l'obbligo di porre sempre la giustizia sul carro del vincitore. Cosa c'entri tu con questa storia? Chi difendi? Quale motivo ti spinge a un simile gesto? Stasera stessa i responsabili dell'omicidio del commendatore finiranno dietro le sbarre. Perché mai hai deciso di impedire che ciò avvenga? Io davvero non capisco...».

Qualche istante d'interminabile silenzio precedette le parole del brigadiere che, con voce ferma, disse: «Lo avete detto voi, signor Maggiore, siamo uomini di legge. Per questo motivo impedirò che questa busta giunga a destinazione, perché è mio dovere impedire che vengano condannati degli innocenti affinché la giustizia possa salire, trionfante, sul carro del vincitore».

«Perché parli di persone innocenti con cotanta sicurezza? Se ho sbagliato qualcosa, se sei a conoscenza di qualche particolare a me sconosciuto, aiutami a rivedere il tutto, aiutami a riaprire le indagini. Ricominciamo daccapo, ricominciamo insieme, ragazzo mio».

«Troppo tardi, signore, troppo tardi» mormorò il brigadiere.

Marruggiu fece scivolare lentamente le braccia lungo i fianchi.

Aveva lasciato il fodero con la pistola sul sedile posteriore della camionetta e sapeva di non poter competere fisicamente con la forza di un avversario di gran lunga più giovane di lui e, oltretutto, armato.

Si sentì affranto e rassegnato al tempo stesso.

Non era mai accaduto che sbagliasse qualcosa nel corso di un'indagine, non aveva mai commesso errori in vita sua e adesso, invece, un suo subalterno gli stava spiattellando in faccia il più clamoroso dei suoi fallimenti professionali che, probabilmente, avrebbe provocato la punizione di alcune persone innocenti.

Si sentì inutile e fallito, sia come uomo che come carabiniere.

Comprese che la sua ora stava per suonare e, paradossalmente, non aveva alcuna voglia d'impedire che ciò avvenisse. Soltanto il motivo gli interessava in quel momento, il perché di quella fine ingrata.

«Dove ho sbagliato, ragazzo mio? Dimmi quali errori ho commesso e poi... facciamola finita, in fretta!».

Il timbro della voce del brigadiere mutò, assumendo un tono quasi solenne: «*Così anche voi, di fuori apparite giusti alla gente; ma dentro siete pieni d'ipocrisia e d'iniquità. Matteo 23:28*».

Marruggiu, con gli occhi piantati verso il tronco d'una grande quercia, aggrottò le sopracciglia, non comprese quelle parole e rimase in silenzio mentre il giovane carabiniere, scandendo ben bene le parole, proseguì: «*Beati coloro che osservano ciò ch'è prescritto, che fanno ciò ch'è giusto, in ogni tempo. Salmi 106:3*».

Il Maggiore fu scosso da un brivido.

Le sue supposizioni riguardo alle turbe psichiche di quel giovane carabiniere non erano state affatto errate e, tristemente, si rammaricò di non averlo congedato per tempo facendolo sostituire con un altro militare addetto alla macchina da scrivere.

Aveva a che fare con un folle e, purtroppo, non c'era più tempo per rimediare.

Si voltò di scatto, quindi, e si ritrovò puntati addosso, oltre alla pistola, anche lo sguardo spiritato del brigadiere che, con un ghigno di cattiveria, continuò: «*Perché il Signore ama la giustizia e non abbandona i suoi fedeli; gli empi saranno distrutti per sempre e la loro stirpe sarà sterminata. Salmi 37:28*».

«Dimmi dove ho sbagliato, ragazzo, di modo che io possa pentirmi dei miei errori, e dopo uccidimi pure» lo supplicò il Maggiore.

«Avete scoperto tutto, signor Maggiore, avete lavorato in maniera eccellente» disse quello.

«Ma...allora...» balbettò Marruggiu, «poc'anzi hai affermato di voler impedire che il verbale giunga a destinazione affinché la giustizia possa trionfare. Non vi sono dunque errori in quel verbale?».

«Nessun errore, signore!».

Marruggiu tirò un sospiro di sollievo. Si sentì improvvisamente rinfrancato.

Non gl'importava più di morire per mano di un folle, ma quanto meno sarebbe passato a miglior vita con la soddisfazione di aver concluso la sua carriera nel perfetto adempimento delle proprie mansioni.

Annuì con il capo e poi, con un pacifico gesto delle mani, invitò il ragazzo a parlare.

«Ammiro molto la vostra sagacia» cominciò il brigadiere senza batter ciglio, «siete stato in grado di risolvere questo caso di omicidio in maniera esemplare, avete compreso il movente, identificato il mandante e anche l'esecutore materiale del delitto, ma ahimè, vi siete lasciato sfuggire qualche piccolo dettaglio nient'affatto irrilevante. Quando vi recaste a ispezionare la casupola dalla porta verde, trovaste il bagno ebraico e la vasca di purificazione nelle cui acque la vedova s'immergeva, quasi quotidianamente, alla presenza del prete don Vincenzo che, con le sue preghiere, durante quello strano rito a metà tra il pagano e il cristiano, tentava di redimere e ricondurre sulla retta via quella peccatrice, senza tuttavia sortire alcun effetto su quella poveretta che, già il giorno successivo, ritornava a pretendere il completo soddisfacimento corporale. L'ultimo tra i maschi che ebbero la fortuna di godere delle grazie della bella signora, fu il piccolo chierichetto Cicciuzzu che, grazie alle doti nascoste di cui era stato beneficiato alla nascita da parte di madre natura, era entrato di diritto a far parte della ristrettissima schiera di eletti chiamati soddisfare le voglie sessuali, le perversioni e i desideri della padrona di casa Bacicia. Anche Cicciuzzu, per volontà di don Vincenzo, partecipava a quel turpe e ridicolo rito di purificazione, immergendosi a sua volta nell'acqua benedetta dall'aspersorio del prete che, in cuor suo riconosceva l'inutilità di quella lavanda, ma tuttavia, in qualità di esponente della chiesa continuava a compierla affidandosi alla speranza della redenzione, e in qualità di uomo beneficiava del piacere corporeo lisciando, con le proprie mani, le forme eleganti della donna sulla quale riversava quell'acqua per niente benedetta dalla mano di Dio, toccando con cupidigia i seni enormi, poi il culo e perfino detergendo l'interno della vagina con l'ausilio di tre dita. Tuttavia non avete ritenuto punibili queste debolezze umane, tanto è vero che nel vostro rapporto il parroco non risulta affatto coinvolto nell'omicidio del commendatore; perfino le donazioni e i lasciti, elargiti in suo favore e in maniera spontanea dalla vedova, sono stati ritenuti irrilevanti. Perfino lo stesso commendatore era a conoscenza delle offerte che la propria moglie destinava alla parrocchia e non aveva mai avuto nulla da obbiettare, ma per quanto stupido e ingenuo, ultimamente non gli erano sfuggiti alcuni indizi che avevano alimentato nella sua mente, già estremamente perversa, non tanto il tarlo della gelosia, quanto quello della possessività e, pertanto, aveva iniziato a tenere sotto controllo certi movimenti, alcuni atteggiamenti ambigui, gli spostamenti fuori casa della consorte, fino a quando riuscì a coglierla in fragrante, in compagnia del suo unico e vero amore. Il commendatore finse di recarsi al circolo di lettura e si appostò nei pressi di questo antico casolare abbandonato, ove la signora sopraggiunse guidando l'automobile del marito. Quando io la vidi uscii dal casolare e corsi ad abbracciarla, ma il commendatore saltò fuori dal suo nascondiglio frapponendosi a noi con gli occhi iniettati di sangue. Sarei certamente stato ucciso se la sorte non fosse stata dalla mia parte. Il commendatore, infatti, ebbe un malore proprio mentre stava per premere il grilletto della sua rivoltella che gli cadde di mano. Si accasciò al suolo portandosi le mani al petto e ansimando come un maiale ferito. La signora a quel punto si avvicinò con cautela e con cinismo al tempo stesso, rimase qualche istante a guardarlo dall'alto in basso, senza pietà, quindi raccolse da terra un grosso sasso e, spietatamente lo colpì ripetutamente alla testa. Quindi caricammo il commendatore sul sedile posteriore dell'auto, lo riportammo in casa e... il resto è storia nota, con il volo giù dalla finestra di quel lurido maiale. Poi tutto il resto della messinscena».

Marruggiu riprese fiato come se avesse ascoltato tutto quel discorso in apnea, quindi consapevole della fine imminente che, oramai inesorabilmente, lo attendeva, a capo chino interrogò ancora una volta il brigadiere: «Ragazzo mio, non avrei mai immaginato che potessi essere tu l'amante della signora. Tuttavia ho cercato di fare il mio lavoro nella maniera più corretta possibile. Vuoi dirmi quali sarebbero dunque le mie mancanze? Quali sarebbero i dettagli nient'affatto irrilevanti da me trascurati e di cui mi hai accusato pochi istanti fa? È vero, non ho ritenuto colpevole il prete Don Vincenzo, ma possiamo pur sempre rimediare...».

Il campanile della chiesa di Rocca Capelvenere lasciò giungere, in quel fazzoletto di campagna desolata, l'eco appena percettibile dei rintocchi delle nove del mattino.

«Nel peccato delle labbra sta un'insidia funesta, ma il giusto uscirà dalla distretta. Chi dice la verità proclama ciò ch'è giusto, ma il falso testimonio parla con inganno. Proverbi 12:13. 17». sentenziò a quel punto il brigadiere.

Marruggiu perse la pazienza e urlò: «Basta con queste incomprensibili profezie. Cosa diavolo vuoi da me?».

«La scarpa, signor maggiore; avete rubato la mia scarpa e, cosa ben più grave, avete proferito menzogne sul suo conto».

«Come puoi affermare ciò con cotanta certezza?» domandò il Maggiore.

«Quando mi recai all'abbeveratoio per ripulire le mie scarpe, disegnai con la punta della lama del mio temperino un'incisione a forma di spirale su ciascuna delle suole, al fine di non dimenticare mai la lezione sui centopiedi. Volete continuare a negare, signor Maggiore, oppure dobbiamo procedere all'ispezione visiva delle scarpe che calzate in questo momento?».

«E vorresti uccidermi dunque per una scarpa?» domandò Marruggiu allargando le braccia per la disperazione.

«Confessate dunque i falli gli uni agli altri, e pregate gli uni per gli altri onde siate guariti; molto può la supplicazione del giusto, fatta con efficacia. Giacomo 5:16».

«Sì, perdio, ti supplico, lasciami vivere… tra pochi giorni andrò in pensione e non sentirai mai più parlare di me» lo supplicò il Maggiore.

«Questo non è possibile! Dopo la vostra giusta morte eliminerò dalla faccia della terra anche il parroco, il piccolo Cicciuzzu e tutti coloro che hanno abusato della bontà di quella povera donna».

«Una scarpa, perdio, morire per una scarpa...» urlò Marruggiu.

«Siete stato un imprudente, signor Maggiore. Se quel giorno non foste stato così desideroso di possedere sessualmente quella donna, se non vi foste fatto prendere dal panico, avreste certamente notato, poco distante dal carrubo, il cane randagio intento a rosicchiare quella maledetta scarpa. Voltatevi adesso, signor Maggiore!».

Marruggiu obbedì ingoiando gli ultimi sorsi di saliva amara.

«Il mio fidanzamento con la figlia del panettiere era soltanto una copertura per poter rimanere accanto alla signora Bacicia, la donna che amo da sempre» concluse il brigadiere, «non posso permettere che venga arrestata, non sarei in grado di rimanere lontano da lei. Quel pomeriggio in campagna, nei pressi di questo casolare abbandonato, se la povera signora, colei che amo più della mia stessa vita, avesse avuto la forza di trattenere la sua ira evitando di colpire il commendatore, non saremmo arrivati a questo punto. Insieme lo avremmo caricato in macchina ancora agonizzante per l'infarto in corso e, probabilmente, sarebbe crepato poco dopo nel suo letto. Tra qualche ora denuncerò la vostra scomparsa. Vi troveranno qui, ai piedi di questo carrubo, col cranio fracassato, perché mi guarderò bene dall'uccidervi con la mia pistola d'ordinanza. Vi colpirò col medesimo sasso che colpì il commendatore. Inginocchiatevi adesso».

«Per pietà, ti prego di desistere dalle tue intenzioni proprio nel nome dell'amore» sussurrò il Maggiore.

«È vero, io e la signora ci amiamo alla follia» rispose il brigadiere con un filo di voce, «ma non si tratta di quel tipo di amore. Quella donna è mia madre!».

Marruggiu spalancò gli occhi per lo stupore mentre dalla fronte stillavano minuscole gocce di sudore simili alla rugiada del primo mattino sulla ruvida foglia della salvia.

«Mia madre riuscì a celare la gravidanza e a farmi crescere in gran segreto» proseguì il brigadiere con aria mesta, «sono un bastardo. Non ho la minima idea di chi possa essere mio padre, ma amo mia madre e le starò accanto, proteggendola per tutta la vita. La porterò lontano da qui e dai suoi ricordi più tristi. Le donerò una vita nuova. Vada con Dio adesso, signor Maggiore... Vada con Dio!».

Dopo quelle ultime parole, mentre il lontano campanile batteva i rintocchi delle nove e un quarto, nella periferia deserta del minuscolo paese si udì soltanto lo scalpiccio dei passi lenti del brigadiere al di sopra del fogliame che si sgretolò frusciando, poi un colpo secco e deciso, un mezzo urlo soffocato e un mortale tonfo.

Indice

Prezzo: 10,00 €

Ingram Content Group UK Ltd.
Milton Keynes UK
UKHW040948240323
419106UK00004B/439